KB062353

로크미디어가
유혹하는
재미있는 세상
ROK
MEDIA
로크미디어

운현궁의 주인

운현궁의 주인 6

2017년 2월 28일 초판 1쇄 인쇄
2017년 3월 6일 초판 1쇄 발행

지은이 화명
발행인 이종주

기획 팀 이기헌 송윤성 왕소현
책임 편집 이정규

발행처 (주)로크미디어
출판등록 2003년 3월 24일
주소 서울시 마포구 성암로 330 DMC첨단산업센터 3층 314호
Tel (02)3273-5135 **Fax** (02)3273-5134
홈페이지 rokmedia.com **E-mail** rokmedia@empas.com

값 8,000원

ISBN 979-11-6048-962-0 (6권)
ISBN 979-11-255-9830-5 04810 (세트)

| 화명 장편소설 |

운현궁의 주인

6

차 례

1장

성재가 주고 간 서류에는 장제스가 최근에서 했던 일이 정리가 되어 있었다.

그가 언제 전선 시찰을 다녀왔고, 최근 가장 관심 있는 정책이 어떤 것인지 등의 정보가 적혀 있었다.

그의 개인적인 부분에 대해서는 임시정부에서도 잘 알지 못하는지 그런 내용은 없었다. 그래도 성재의 말대로 제국익 문사가 줬던 자료보다는 조금 더 상세하게 적혀 있었다.

"시월아, 가서 최지헌 통신원 좀 불러오거라."

내 침구를 정리하고 갈아입을 옷을 가지고 들어왔던 시월이에게 말했다.

"알겠습니다, 전하."

시월이가 나가고 얼마 지나지 않아 최지헌이 내 방으로 들어왔다.

"이걸 사무소에 전하게. 장제스에 대한 서류네."

다 읽고 난 서류를 최지헌에게 건넸다.

"임시정부에서 가지고 온 자료라고 알려도 되겠습니까, 전하?"

최지헌은 내가 건넨 서류를 품속에 갈무리하고, 조심스럽게 물어 왔다.

그가 함께 있을 때 성재에게서 받은 것이라 출처는 그도 잘 알고 있었다.

"임시정부에서 작성한 것이고 성재를 통해 전달받았다고 전하게."

"그리하겠습니다, 전하."

장제스에 대해서 알아보고 준비하는 사이 일주일이라는 시간은 금방 지나갔고, 장제스와의 약속이 있는 날이 되었다.

오후 4시까지 사무소에 있다가 심재원의 배웅을 받으면서 임시정부로 갈 준비를 했다.

"특별한 일은 없을 것이나 만일의 사태를 대비해 최지헌

통신원이 함께 갈 것이니, 비상시에는 최지헌 통신원과 함께 움직이시면 됩니다, 전하."

"적군을 만나러 가는 것도 아니고 김구와 함께 그에게 호감을 느끼고 있는 장제스를 만나러 가는 것이니, 너무 걱정하지 마세요."

"제국익문사를 벗어나시면 어디든 위험할 수 있는 곳이 이곳입니다. 몇 년 전에 장제스도 자신의 부하에게 감금당한 적이 있다고 들었습니다. 이번에는 우리 요원들을 안전할 만큼 데려가거나 무장을 가져가지 못하시니 부디 몸조심하십시오, 전하."

심재원은 물가에 내놓은 아이를 걱정하는 것처럼 나를 걱정했다.

이곳으로 오고 나서 매일같이 체력을 단련해 일본군일 때와 비교해 조금 모자란 정도로 체력이 올라와 있었다. 그래서 내 몸 하나는 지킬 수 있다고 생각하고 있었다.

"혹 위험한 일이 벌어지더라도 잘 탈출할 것이니, 너무 걱정 마세요."

"조심해서 다녀오십시오, 전하."

"가지."

심재원의 배웅을 받으며 차에 올라탔고, 내 말에 조수석에 앉아 있던 최지헌이, 운전하는 자신과 같은 통신원에게 말해 차를 출발시켰다.

거의 항상 붙어 있던 시월이가 이번에는 동행하지 않아 조금 이상한 기분으로 창밖을 바라봤다.

북경에서 봤던 거리의 모습과 비교하면 그들보다는 조금 잘 사는 느낌이었지만, 이곳도 일본과 같이 거리의 뒷면을 조금만 살펴보면 구석진 곳에는 길거리에서 구걸로 생활을 연명하는 노숙자들을 쉽게 볼 수 있었다.

비단으로 된 고급 옷을 입고 다니는 사람들도 있지만 대부분의 사람들은 구멍 난 곳에 천을 덧대어 꿰맨 옷을 입고 있었다.

그나마 겨울의 추위가 남아 있던 북경에서와는 달리 날이 많이 풀려 추위에 떠는 모습은 보이지 않았다.

임시정부 근처에 차가 도착하자 임시정부로 들어가지 않고 근처에서 대기했다.

보는 눈이 많은 임시정부에 자주 드나들게 되면 소문이나 정체가 알려질 수도 있다는 제국익문사의 의견에 따라 제3의 위치에서 김구와 합류해 차를 갈아타기로 했다.

우리 차가 도착하자 임시정부 근처에 대기하고 있던 제국익문사 요원이 우리 차를 발견하고 임시정부로 들어갔다.

그러고 얼마 지나지 않아 검은색 차가 나왔다.

입구에서 대기하고 있던 요원의 수신호에 우리 차도 출발해 조금 떨어진 거리에서 검은색 차를 따라갔다.

검은색 차가 식당 앞에 멈춰 서자, 우리 차도 그 옆으로 멈춰 섰다.
"이곳에서 대기하고 있겠습니다, 전하."
"그래요."
나와 최지헌은 차에서 내려 김구 주석의 차로 옮겨 탔다. 나는 뒷자리로, 최지헌은 조수석에 탑승했다.
차는 비서장인 차리석이 운전하고 있었는데, 뒷좌석에 김구 주석은 긴 다리로 불편하게 앉아 있었다.
"오랜만에 뵙습니다, 전하."
"주석께서도 건강해 보이시니 다행입니다."
"전하께서 해 주신 지원으로 걱정이 사라져서 요즘은 신나게 일하고 있습니다."
"도움이 되었다니 다행입니다."
김구 주석과 담화 이후 처음으로 만나 인사를 나누는 사이 차는 출발해 중경 외곽으로 나아갔다.
"상당히 멀리 있군요."
방향은 다르지만, 임시정부에서 제국익문사와의 거리보다 더 멀리 가는 것을 보고 말했다.
"중경의 중화민국 주석궁은 시내에서 멀리 떨어져 있습니다. 난징에서는 청사와 가까이 있었는데, 이곳으로 옮겨 오면서 외곽에 새로 호화롭게 지었습니다."
내 질문에 운전을 하고 있던 차리석이 대답했다.
그의 대답을 듣고 10분을 더 달려 중화민국 국민당군이 지키고 있는 큰 정문에 도착했다.

그들은 방문자 이름을 일일이 확인하고, 차를 수색한 이후에 문을 열어 주었다.

어두워 잘 보이지는 않지만, 곳곳에 설치된 작은 조명으로도 정원이 잘 꾸며져 있는 걸 알 수 있었다.

넓은 정원을 지나자 중세 유럽 건축을 떠올리게 하는 큰 건물이 눈에 들어왔다.

건물 주위로 조명이 밝히고 있어서 건물의 위용을 한눈에 알아볼 수 있었다.

"어서 오십시오, 주석님."

입구에 도착하자 장제스의 수행원으로 보이는 사람이 우리를 반겼다.

입구에도 정문과 마찬가지로 군인 두 명이 경계를 하고 있었다.

"잠시 실례하겠습니다."

경계를 서던 군인들이 우리 쪽으로 다가와 말했다.

그러자 김구 주석은 익숙한 듯 자신이 가지고 온 서류 가방을 군인에게 넘겨주고 양팔을 벌려 몸수색을 할 수 있도록 해 주었다.

그 군인들은 한 명은 가방을 확인하고, 한 명은 김구의 몸을 수색했다.

그리고 순서대로 차리석 비서장과 나, 최지헌까지 같은 방식으로 몸수색을 했다.

"번거롭게 해 드려 죄송합니다. 경호 절차에 따른 일이니 이해해 주십시오."

"아닙니다. 절차란 중요한 것이지요."

수행원의 말에 김구 주석이 대표로 대답했다.

"그럼 이쪽으로 모시겠습니다."

수행원의 안내에 따라 건물 안으로 들어가자, 입구부터 금 장식과 화려한 예술품 그리고 건물의 높은 층고가 들어오는 사람을 압도했다.

수행원을 따라 한쪽 방으로 들어가니 일본에서도 본 적 없는 화려하고 넓은 탁자와 의자, 그리고 샹들리에로 장식된 식당이 나왔다.

그 식당의 상석에 앉아 있던 인물이 우리가 들어오자 자리에서 일어나 우리 쪽으로 다가왔다.

그 사람은 김구 주석에게 먼저 인사했고 서로 잠시 중국어로 대화한 다음 내 쪽으로 다가와서 인사했다.

"어서 와요. 먼 곳까지 오시느라 고생했습니다. 내가 장제스요."

그의 말을 다 알아들을 수는 없었고, 간단한 인사만 알아들었다.

그때 내 옆에 서 있던 최지헌이 그의 말을 곧바로 통역해 주었다.

"반갑습니다, 이우입니다."

내가 그에게 손을 내밀면서 말하자 곧바로 최지헌이 통역했고, 장제스는 내가 내민 손을 보곤 미소를 짓더니 맞잡으며 대답했다.

"아, 중국어는 못한다고 했나? 그럼 우리가 다 알아들을 수 있는 일본어로 대화하면 되겠군. 일본에 대항하는 우리가 서로 일본어로 대화하는 것이 썩 유쾌하지는 않지만, 그래도 어쩔 수 없지."

내 손을 맞잡은 장제스는 유창한 일본어로 내게 말해 왔다.

그의 일본어와 반말에 잠시 놀랐으나 나도 바로 웃으면서 대답했다. 아무래도 중국어로도 반말을 했는데 최지헌이 적당히 통역한 것 같았다.

"언어는 대화를 하려는 수단일 뿐이지 그 내용이 중요한 것 아닐까요? 저를 배려해 주셔서 감사합니다."

그가 반말한다고 나도 반말을 할 수는 없었기에 적당히 격식을 지키며 대답했다.

"대화의 수단이라……. 하하, 이우 왕자는 말을 상당히 재미있게 하는군. 이쪽으로 앉게. 일단 다들 허기질 테니 저녁부터 먹으며 천천히 이야기합시다."

장제스는 악수를 마치고 자리를 안내했다.

스무 개가 넘어 보이는 의자들이 있는데, 자리에는 나와 김구 주석, 장제스 주석 세 사람만 앉았다.

통역을 핑계로 내 근처에 있으려고 했던 최지헌은 세 사람이 일본어로 대화가 통한다는 것을 알자 차리석과 함께 방을 나갔다.

잠시 뒤 여자 하인들이 음식을 가져 나오기 시작했다. 만한전석 같은 화려한 중국 음식은 아니었으나 다른 쪽으로 화려한 음식이 나왔다.

"양식이군요."

"내가 좋아하고 자주 즐기는 불란서의 요리이니 좋아해 줬으면 좋겠네. 김구 주석이야 자주 이곳에 와 먹어 봤으니 좋아하는 것을 알고 있으나 이우 왕자의 취향은 잘 알지 못해 약간은 걱정했는데 괜찮은가?"

음식은 화려한 접시 위에 담겨 나왔다.

"저도 양식은 잘 먹으니 너무 걱정하지 마세요. 좋은 음식으로 초대해 주셔서 감사합니다. 그런데 일본어가 상당히 유창하시군요."

음식을 먹으면서 두 사람과 대화를 이어 나갔다.

"일본 육군사관학교를 21기생으로 졸업했으니, 일본어를 못할 수가 없지. 왕자도 그곳을 졸업하지 않았는가?"

"원하지는 않았으나, 본과 45기생으로 졸업했어요."

"그들은 미워하지만 그들에게 배울 점이 있다면 배워야지. 나도 그들에게 배운 기술로 신해혁명 때 많은 전과를 세웠지. 우수한 기술이 있다면 배워 내 것으로 만들면 그만이지."

"저도 같은 생각입니다. 하지만 그들이 우리 민족과 중화민족에게 한 악독한 짓을 생각하면, 화가 나는 것은 어쩔 수 없습니다."

김구가 장제스의 말에 대답했다.

"그렇지, 그것이 문제지."

그 뒤로도 특별한 내용 없이 요즘 겪은 재미난 일 같은 것만 식사가 끝날 때까지 이야기했다.

"한 대 피우겠는가?"

식사를 마치고 자리를 응접실로 옮겨 장제스는 차를 한 잔 앞에 두고, 내게 담배 하나를 건네며 물었다.

"담배를 안 태웁니다."

"아~ 그런가? 나는 술은 정신을 흐트러뜨려 마시지 않지만, 담배는 생각할 수 있도록 도와줘서 피우지. 주석도 한 대 피우지."

장제스는 미래에서도 본 적 있는 럭키 스트라이크 담배를 꺼내서 불을 붙였고, 김구도 장제스에게 넘겨받은 담배에 불을 붙였다.

"이우 왕자는 아직 한 번도 전투에 참가해 본 적이 없지?"

"군인 생활은 오래 했으나, 전방에서 전투에 참가한 적은 없습니다."

"나중에 눈앞에서 부하가 죽어 가는 것을 보고 나면 담배를 피우게 될걸세."

장제스는 담배를 피우며 나를 보고 말했다.

그는 내가 담배를 피우게 될 것이라고 확신하는 것 같았다.

"그래, 대한민국이 입헌군주국으로 가기로 했다고?"

잠시 침묵이 이어지다 장제스가 김구를 보면서 말을 했다.

"그렇습니다. 임시정부가 정통성을 가지는 정부가 되고 민중의 지지를 얻기 위해, 국무위원들과 임시정부의 모든 식구가 토론 끝에 내린 결론입니다. 이쪽에 있는 이우 왕자는 우리나라의 정통성을 가진 유일한 후계자로, 일제에 협력해 살아가는 다른 왕족과는 다른 사람입니다."

장제스는 김구의 설명에 입에 물고 있던 담배를 깊이 들이마시고 한숨을 내뱉듯 연기를 내뿜으며 잠시 생각에 잠기는 것 같더니 내게 말했다.

"임시정부가 이곳에서 투쟁하는 동안 왕실은 무엇을 했는가? 그대들도 결국 만주국에 있는 청국의 폐족과 다를 것이 무엇인가?"

장제스는 평범한 대화를 할 때와는 다르게 나를 눈빛으로 찢어 죽일 듯한 기세로 내게 물어 왔다.

"지금의 상황에 대한 책임이 우리 황실에 없다고 생각하지는 않으나, 우리 황실은 민족을 위해서 노력하고 있소. 청국의 황실과 무엇이 다르냐……. 이곳 임시정부도 처음 설립할 때부터 제 아버지인 의친왕 전하께서 물심양면으로 도움을 주고 지지했었고, 최소한 우리는 민심이 천심이란 것을 잘 알 뿐만 아니라 대한인의 지지를 받고 있다오. 우리 황실은 아직 우리 민족을 위해서 해야 할 일이 있고, 우리 민족의 나라를 위해서 그 주춧돌이 되기 위해 노력하고 있소."

황실 사람으로 나와 아버지가 해 온 노력을 한마디로 무시하는 장제스의 말에 나는 조금 강한 말투로 받아쳤다.

"민심이 천심이라……."

나를 노려보던 그의 눈빛이 내 말에 조금 누그러든 듯 느껴졌다. 그러곤 그가 작은 목소리로 중얼거렸다.

"장제스 주석께서는 천심을 잘 따르고 있나요?"

나의 도발적인 말에 장제스 주석은 한참 나를 노려보더니 한쪽 입꼬리를 올리면서 반대로 물어 왔다.

"여기가 어딘지 알고 말하는 것인가?"

이것은 명백한 협박이었다. 내 질문이 그의 심기를 건드린 것 같았다.

하지만 평소 가지고 있던 내 지론이 있었고, 비공식 방문이지만 임시정부의 수장인 김구 주석과 함께 온 나를 죽이기야 할까 생각해 강하게 나가기로 했다.

"우리나라는 조선 시대부터 왕과 신하가 토론하는 경연經筵이라는 것을 해 왔었죠. 지도자란 항상 민심을 듣기 위해 노력해야 하고, 그 천심을 알기 위해서는 항상 사람들과 대화하고 토론해야지요. 우리나라가 잘못된 이유도 지도층이 토론하지 않고 명령에 의해서만 움직여서 민심을 알지 못해서였죠."

"나를 가르치는 것인가?"

"토론하는 것이지요. 우리나라에서 유명한 일화가 있습니다. 지금까지 존경받는 유학자이신 퇴계 이황 선생께서 성균관이란 교육기관의 대사성으로 있으실 때, 기대승이라는 젊은 유학자와 사단과 칠정을 두고 논쟁을 했습니다. 성균관의 대사성으로 조선의 유학자 중에 가장 큰 스승님이었던 퇴계께서는 이제 막 과거에 급제한 기대승의 말을 무시하거나 자신의 지위로 눌러 버리지 않으시고 일일이 답을 하며, 사단칠정논변四端七情論爭이라 하여 7년에 걸친 토론을 하셨어요. 내가 아무리 똑똑하고 능력이 있다고 해도 결국인 한 명의 사람일 뿐이에요. 지도자는 여러 사람과 이야기하고 그들과 토론해야만 좋은 결과가 나온다고 생각해요. 어떤 정책을 폄에 있어 그 정책을 반대하는 사람을 논리적으로 설득할 수 없다면, 그것은 좋은 정책이 아니라고 생각해요. 권력자의 명령만으로 이루어지는 정책은 민심을 담지 못하고 권력자의 생각만 담을 뿐이지요. 지도자가 가지고 있는 권력만큼 그것을 견제할 수 있는 사람이 필요하고, 토론 없이 명령으로 이루어지는 정책은 반드시 문제가 생기기 마련이라고 생각해요."

장제스와 옆자리에 앉아 있는 김구 주석은 내 말이 끝나고, 자신들의 담배를 다 태웠음에도 아무런 말 없이 있었다.

장제스는 무언가를 생각하는 듯했고, 김구 주석은 화가 난 듯한 장제스의 표정을 살피고 있었다.

"하하하하."

무거운 공기에 억겁과 같은 시간이 지난 후 장제스가 커다란 웃음을 터뜨렸고, 김구 주석과 나는 놀란 눈으로 그를 바라봤다.

"제 말이 유머는 아니었는데, 재미있었나 봅니다."

나는 한참을 웃고 있는 장제스에게 말했다.

그러자 그는 웃음을 갑자기 뚝 멈추고 나를 바라봤다.

"이우 왕자, 당신 내 생각보다 훨씬 큰사람이군. 좋아, 좋아, 우리 중화민국도 대한이 입헌군주국이 되는 것을 지지하지. 이우 왕자 당신과 함께하는 사람들은 임시정부의 사람들과 똑같이 우리 중화민국 영토 내에서는 어디든 있어도 좋아. 그리고 우리 나라에서 발급하는 통행증도 만들어 주지."

나에 대해 나쁘게 생각하지는 않는 것 같았다.

어차피 통행증 없이도 임시정부의 소속으로 중화민국에서 활동하고 있었지만, 그가 통행증을 발급해 준다는데 반대할 이유는 없었다.

하지만 이미 분위기가 바뀌어 버려 더는 민심에 관해서 이야기하기는 힘들어 보였다.

나는 중화민국이 잃어버린 민심을 살펴 자신의 주변 사람들을 단속하고, 민중에게 베풀어 다시 국민의 지지를 회복하기를 바랐다.

미래와 똑같이 중국이 전부 공산화된다면, 그건 독립된 대한에 좋지 않았다.

하지만 그가 호탕하게 넘기려 하는데 내가 더 말하는 것은 분위기를 아까보다 더 안 좋게 만들고, 회복하기 힘들게 만들 것이 뻔해 보여 더 말하지는 않았다.

"이우 왕자의 배포와 혜안은 상당한 편입니다."

분위기가 좋아지며 장제스가 호탕하게 웃자 김구 주석도 내 칭찬을 한마디 보태면서 분위기를 부드럽게 만들었다.

그 뒤로도 1시간 가까이 이야기를 했으나, 중요한 이야기는 없었다.

오늘 저녁에 나왔던 음식이나 담배의 맛에 대해서 말하거나, 임시정부와 지금은 일본의 심한 경계로 인해 거의 활동하지 못하고 이름만 남아 있는 한인애국단韓人愛國團과 윤봉길 의사에 대해서 이야기했다.

"대한인들은 그 숫자는 적지만 언제나 용맹하게 싸우니 대단한 민족이야."

"그렇게 말씀해 주시니 감사합니다. 아직 장제스 주석이 이룬 성과에 비하면 미약한 수준입니다."

김구 주석과 장제스는 서로 칭찬을 주고받으며 이야기를 하다 모임을 끝마쳤다.

"우리와 함께하는 사람이 위험하게 할 수는 없으니, 이우 왕자에 대해서는 나도 비밀을 잘 지키겠네. 그럼 또 보도록 하지."

돌아가기 위해 나서니 장제스는 중앙 홀까지 나와서 우리에게 인사했다.

"감사합니다. 다음이 뵙겠습니다."

김구는 그런 장제스에게 인사를 하며 대답했다.

"유익한 만남이었으니 앞으로 좋은 관계를 유지해 가죠."

김구가 인사하고 나서 나는 장제스에게 손을 내밀며 인사를 했고, 장제스도 그런 나의 손을 잡아 악수하는 것으로 대답했다.

주석궁에서 처음 김구 주석의 차로 옮겨 탔던 식당의 주차장까지 차 안에서는 아무런 대화도 오가지 않는 시간이 지속되었다.

식당에 도착하니 나를 태우고 왔던 제국익문사의 요원이 차 근처에서 우리를 기다리고 있다가 차가 주차되니 이쪽으로 뛰어왔다.

"오늘은 감사했습니다. 주석께서 신경 써 주신 덕분에 좋은 이야기를 할 수 있었습니다."

"사실 전하께서 너무 직설적으로 말씀하셔서 오늘 조금은 조마조마했습니다. 그래도 다행히 말을 잘하셔서 오히려 장제스 주석이 임시정부에 더욱 신경 쓰게 되었으니 감사합니다."

나는 장제스가 처음에 나를 경계했던 것은 느꼈으나 후에 나를 신경 쓰거나 하는 점은 못 느꼈는데, 김구는 많이 긴장하다 좋게 풀린 것으로 느꼈는지 약간은 어색한 웃음을 지으면서 내게 말했다.

나는 오늘 장제스를 처음 만나 보았고 김구 주석은 자주 만났던 사람이니 그의 느낌 맞을 것으로 생각했다.

"도움이 되었다면 다행입니다. 그런데 장제스 주석께서는 나와 함께하는 사람들이라고 했는데, 제국익문사를 이야기하는 것입니까?"

장제스와 대화하며 나와 함께하는 사람들에 대한 정의가 확신이 들지 않아 물었다.

제국익문사에 대해 부분적으로 공개하고 나서, 중경에서 제국익문사는 이시영의 아래에 있는 왕정주의를 추구하는 단체로 알려져 있었다.

"그럴 것입니다. 아마도 중화민국에서도 제국익문사에 대해서는 알고 있을 것입니다. 또한, 공공연하게 왕정주의 단체임을 알렸기에 전하와 함께한다는 것도 알 것입니다."

"그런 그들의 통행에 대해서 인정해 주겠다라……. 알겠습니다. 그럼 이만."

제국익문사에 대해 어느 정도 알고 있는지 확인해 볼 필요가 있었으나, 중화민국 주석의 동태를 살펴볼 방법은 많지 않았고 그들의 정보를 확인해 볼 방법도 거의 없어 지금 내가 할 수 있는 일은 보이지 않았다.

"조심히 가십시오, 전하."

김구 주석과 인사하고 차를 옮겨 탔다.

앞자리에 앉아 있던 최지헌이 타고 나서 김구 주석이 있을 때는 하지 못했던 말을 그에게 물었다.

"차리석 비서장과 함께 저녁을 먹었나?"

"그렇습니다, 전하. 양식 요리를 준비해 주었는데, 제 입맛에는 맞지 않았으나 차리석 비서장의 말에 의하면 상당히 맛있는 음식이었다고 했습니다, 전하."

아마도 수행원들도 대화하기 위해 자리는 따로 해 먹었으나, 같은 음식을 준비해 준 것 같았다.

그의 대답을 듣고 나니 운전하고 있는 요원에 대해서도 생각나 물었다.

"자네는 저녁을 챙겨 먹었나?"

"사무께서 배려해 주셔서 다른 요원과 중간에 교대하고 저녁을 챙겨 먹었습니다, 전하."

혹시나 우리를 기다리기 위해 저녁도 먹지 못하고 대기하고 있었으면 미안했을 텐데, 심재원 사무가 직원들에 대해서 신경 쓰고 있어 고마웠다.

"그렇다면 다행이군. 최 통신원은 그곳에서 별일이 없었나?"

내가 장제스와 대화하고 있을 때 그는 무엇을 하고 있었는지 궁금해서 물었다.

"특별한 일은 없었습니다. 차리석 비서장이 말이 없는 성격인지 전하를 기다리는 동안 그와 대화를 나눈 것은 거의 없었습니다, 전하."

"그래? 그래, 긴 시간이었는데 나를 기다리느라 수고했네."

해가 진 중경 거리는 다니는 사람이 많지 않아 낮보다 더 빠르게 숙소로 돌아왔다.

숙소는 이미 저녁 시간이 지나서인지 1층의 식당은 문을 닫았고, 전체가 조용한 느낌이 들었다.

10시가 다 되어 가는 시간에 밖에 돌아다닌 적이 없어 몰랐는데, 많은 사람이 있는 숙소가 이 시간에는 이렇게 조용하다는 것을 처음 알게 되었다.
"두 사람 모두 오늘 수고했어요."
"아닙니다, 전하."
"편히 쉬십시오, 전하."
두 사람은 내 인사에 웃으며 대답했고, 내가 숙소로 올라가자 차를 주차하기 위해 다시 차를 타고 움직였다.
시장 끄트머리에 있는 숙소에는 주차장이 없어 정비소까지 가야 해 두 사람이 함께 갔다.
숙소로 올라가자 입구를 지키며 불침번을 서는 요원 한 명이 나를 맞이했다.
그와 인사하고 방으로 돌아오자, 시월이가 나를 위해 갈아입을 옷과 세숫물을 준비해 놓았다.
"오늘은 전하께서 늦으셔서 제가 세숫물을 준비해 놓았습니다, 전하."
내가 세숫물을 준비하지 못하게 하고 나서는 하지 않았는데, 오늘은 특별히 준비해 놓은 것이라 혹시 내가 화낼 거라 생각했는지 시월이가 먼저 말을 꺼냈다.
"고맙다."
그녀의 마음 씀씀이를 잘 알고 있어 뭐라고 하기보다는 고마움을 표시하는 것으로 대신했다.
잘 준비를 하기 위해 씻고 옷을 다 갈아입었을 때, 시월이가 다시 들어왔다.

"심재원 사무께서 전하께서 도착하신 것을 듣고 찾아왔습니다, 전하."

"들어오시게 해라."

시월이가 내 말에 문밖으로 나갔고, 곧바로 심재원이 안으로 들어왔다.

"전하, 가셨던 일은 잘 해결되셨습니까?"

"잘되고 말고 할 것도 없었고, 제국익문사의 주둔 문제는 말도 꺼내지 못했어요. 미국을 통해 주둔 허가를 받는 것이 훨씬 효율적이라 생각했고, 굳이 긁어 부스럼을 만들어 훈련소에 대해서 알려지는 것은 원하지 않았어요. 단지 이미 공개된 부분의 본사에 대해서 통행증을 발급해 준다고 하더군요."

"통행증을 말씀이십니까?"

심재원이 놀란 듯 내게 물어 왔다.

"네, 그렇게 들었습니다. 근데 이게 심 사무가 놀랄 일입니까?"

나는 통행증이라는 것이 별거 아니리라 느꼈는데, 그가 놀라는 모습이 내 예상보다 커 물었다.

"놀랄 일입니다. 통행증은 임시정부에서 발급하는 여행권과 같은 것입니다. 하지만 임시정부가 정식 정부로 인정받지 못해서 임시정부의 여행권으로는 중화민국의 영토만 자유롭게 다니고, 소련과 미국에서는 인정하지 않는 것입니다. 하지만 중화민국의 통행증은 중화민국에서 신분 보장을 해 주는 것으로, 연합국이라면 어디든 갈 수 있습니다, 전하.”

나는 통행증이라고 해서 중화민국 내를 돌아다닐 때 사용하는 신분증이라 생각했는데, 그게 아니고 여권과 동일한 효력을 발휘하는 것으로 보였다.

“우리 제국익문사 직원들은 이미 미국과 소련을 오가고 있지 않은가요?”

미국에서 활동하는, 그리고 소련에서 활동하는 요원들이 많이 있었기에 이상해 물었다.

“그들은 중화민국의 국적을 가지고 있거나, 미국 같은 경우에는 난민으로 분류되어 미국의 영주권을 발급받은 경우입니다. 통행증이 생긴다면 요원의 활동에 많은 도움이 될 것입니다, 전하.”

심재원의 설명을 들으니 장제스는 내게 가장 필요해 보이는 것을 지원해 준다고 했는데, 내가 생각보다 별 반응이 없어 오히려 그가 더 이상하게 생각할 것 같았다.

내 의지와 상관없이 무식이 낳은 결과였다.

“그렇군요. 나름 장제스가 많이 도움을 주려고 했던 거네요.”

“엄청난 도움입니다. 분위기가 괜찮았던 것 같습니다, 전하.”

“나는 잘 모르겠는데 함께 간 김구 주석이 좋은 분위기였다고 하더군요. 그것 말고는 별다른 일은 없었어요. 중경 거리의 사람들의 모습과는 다르게 주석궁이 엄청나게 화려하더군요. 음식도 중국식이 아닌 양식을 제공하고요."

"중화민국은 쑨원의 혁명 정신과는 다르게 이미 민심과는 멀어진 상황입니다. 앞으로도 민심을 회복하자면 많은 노력이 필요해 보입니다, 전하."

"저와 같은 생각이군요. 알겠습니다. 고생하셨어요."

"그럼 나가 보겠습니다. 편안히 쉬십시오, 전하."

심재원 사무는 내게 인사하고 나서 밖으로 나갔다.

그가 나가고 나서 오늘 있었던 일을 수첩에 정리해서 작성했다.

2장

다음 날 사무소로 출근하니 미국에서 돌아온 편지가 내 자리에 놓여 있었다.

매일 아침 요원이 우체국에 들러 받아 오는데, 오늘 도착한 편지를 가져와 나보다 먼저 출근한 심재원 사무가 편지를 손질해 읽을 수 있게 만들어 내 책상 위에 올려놓은 것 같았다.

"누구에게서 온 것인가요?"

윤홍섭과 유일한 박사 두 사람과 편지를 주고받아서 누가 보낸 것인지 확인하기 위해 물었다.

"발신자는 윤홍섭 박사였습니다, 전하."

자신의 자리에서 업무를 보고 있던 심재원이 내 질문에 대답했다.

"경성에 있을 땐 편지 한 통을 주고받으려면 최소 한 달 이상이 걸렸는데, 이곳에서는 빨라서 좋군요."

"거리는 이곳에서 경성이 미국보다는 훨씬 가까우나 인편으로 오가야 해 이곳에서 경성까지가 오래 걸립니다. 중화민국과 미국은 우방국이고 정기편이 오가니, 편지는 금방 오갈 수 있습니다, 전하."

심재원의 말을 듣고 책상 위에 놓여 있는 편지를 들었다.

전하께서 말씀하신 대로 이번 선거에서는 민주당에 대한 지원만 하도록 하겠습니다.

그리고 요즘 미국 정가의 분위기가 심상치 않습니다. 진주만 이후 고조된 일본에 대한 응징 분위기가 둘리틀 공습으로 조금 해소되는 듯했으나, 본격적인 전쟁에 대한 요구가 강력해지고 있습니다.

특히 민주당은 국방부에서 요청한 군함과 항공모함의 건조 비용에 대한 예산을 강력히 추진했고, 일부는 빠르게 국회의 승인을 얻어 건조에 들어갔습니다.

또한, 태평양 방면 연합군 총사령관인 더글러스 맥아더 장군이 필리핀에서 후퇴하고 나서 프랭클린 D. 루스벨트 대통령과 국회에 일본과의 전쟁을 위한 예산과 군사력을 지원해 줄 것을 강력히 요청했습니다.

그 이후 민주당이 그것을 받아 진행하고 있습니다.

전하께서 예상하신 대로 미국 정가 또한 조만간 본토의 해군이 태평양에서 일본 해군과 큰 전투를 한번 벌일 것이라고 모두 예상하고 있습니다.

그리고 유일한 박사를 통해 지시하셨던 부분은 지금 협상이 진행 중에 있으며, 주둔 허가 부분에서는 자국이 아닌 외국에서 진행되는 점을 들어 정식 외교 통로를 통해야 하는 것이라 시간이 조금 걸릴 것이라 전해 왔습니다.

OSS에서는 주둔 허가에 대해서 자신들과 미국 정부가 최대한 노력하고 있으나 공식적인 통로로 의견을 주고받는 시간이 필요하다는 점을 들어 공식 서류에 명시하고, 훈련은 최대한 빠르게 진행했으면 좋겠다는 의견을 표해 왔습니다.

특히 이 부분은 현재 OSS의 수장으로 내정된 미 정부의 정보 코디네이터 윌리엄 J. 도노반William Joseph Donovan 소장이 직접 약속한 내용입니다.

처음에는 실무자 선에서 유일한 박사에게 제안했으나, 전하께 전해 줬던 선물이 어떤 결과를 가져오는지 알고 난 이후 OSS의 수장이 직접 접촉해 왔습니다.

그래서 일단 명문화해 서류를 남기고, 훈련에는 바로 참여해 줬으면 했습니다.

그들은 지금부터 훈련을 위해 사람을 데려와도 최소 한 달에서 길게는 두세 달이 걸릴 것으로 생각하고 있어, 더욱 빠르게 진행하고 싶어 했습니다.

또한 훈련 교관 파견은 주둔 허가가 떨어지는 대로 바로 파견해 줄 수 있다고 말했습니다.

마지막으로 장준하 학생에게만 훈련이 시작되고 나면 열 명의 정원을 배당할 것임을 알렸습니다.

그는 이미 알고 있는 부분이라 알렸고, 다른 사람들에게는 비밀 유지가 되도록 당부했습니다.

전하께서 결정해 주시면 그대로 진행하겠습니다.

만나 뵙는 날까지 건강히 지내십시오, 전하.

미드웨이해전이라…….

머릿속에서 복잡해지고 있었다. OSS와의 협상을 더 끌어도 되는지 확신이 서지 않았다.

전쟁이 시작되고 1년 안에 미드웨이해전이 일어나 전황이 뒤집힐 것이다.

미드웨이해전이 끝나도 이렇게 좋은 조건으로 협상할 수 있을지 모른다.

과거의 역사에서도 분명 임시정부는 OSS와 협력을 했었지만, 그들은 광복 이후 정식 정부로는 한반도에 들어오지 못했었다.

유리한 지금 상황이 변하기 전에 이 협상을 마무리해야 했다.

누군가에게 조언을 구했으면 좋겠지만, 내가 미래에서 왔다는 것을 설명하지 않고는 이해시킬 수 없는 부분이었다.

"심 사무, 조용히 대화를 좀 했으면 좋겠네요."

"알겠습니다, 전하."

자신의 자리에서 일하던 심재원은 내 말에 눈짓으로 2층에 있던 요원들을 모두 내보냈다.

그러고 그는 2층 사무실의 문이 닫힐 때까지 내 책상 옆에서 서서 기다렸다.

"일단 저쪽에 가서 대화하지요."

심재원이 서 있는데 내가 내 책상에 앉아 긴 대화를 하기는 불편해 2층의 소파로 이동했다.

심재원 사무도 나를 따라 자리에 앉았다.

"보고서에 안 좋은 내용이 담겨 있습니까, 전하?"

"아니요. 보고서는 지난번과 거의 비슷합니다. 일단 읽어보세요."

심재원에게 할 말을 조금 더 정리하기 위해 그에게 보고서를 넘겨주었다.

그가 보고서를 읽는 사이 그에게 어떻게 물어야 할지 더 고민했다.

잠시 고민하는 사이 보고서를 다 읽은 심재원이 보고서를 내려놓고 나를 봤다.

"지난번과 변한 것은 없어요. 내가 심 사무와 상의할 것은 중간에 나오는 전투에 대한 이야기로, 만약 그 전투에서 일본 해군이 큰 피해를 당한다면 OSS는 우리와의 협상에 매달리지 않아도 된다고 생각해요. 물론 미국도 전쟁의 카드는 여러 개를 준비하겠지만, 이전보다 우리가 가진 패가 약해지는 것은 명약관화明若觀火하지요."

내가 미래에서 왔다는 것을 알릴 수는 없었으니 윤홍섭의 보고서에 나온 말과 함께 약간의 가정을 들어 심재원에게 물었다.

"전하께서는 우리가 좋은 패를 쥐고 있을 때 협상을 끝내고 싶으신 겁니까?"

"그래요, 나는 그게 최선이라고 생각해요. 만약 우리가 이런 식으로 협상에서 우리의 뜻을 관철하기 위해 유지하다 그 패의 매력이 떨어지게 되면, 지금의 뜻도 관철하지 못할 수도 있어요. 그래서 고민 중이에요. 과연 이렇게 우리의 뜻을 관철하는 게 맞는 것인가, 아니면 우리가 좋은 패를 쥐고 있을 때 조금 양보해서 그들과의 관계를 조금 부드럽게 가져가는 게 좋은 것인가 고민 중이에요."

"이렇게만 들었을 때는 조금 양보하고 부드럽게 가져가는 것이 좋다고 생각하지만, 그 정도는 전하께서도 생각하셨을 것 같습니다. 제 생각에는 전하께서는 어떠한 이유로 망설이시는 것으로 느껴지는데 맞습니까, 전하?"

심재원 사무가 나를 보는 표정에서 마치 나를 간파하고 있는 듯한 느낌이 들 정도였다.

나 역시 양보에 대해서 긍정적으로 생각했지만, 한 가지 때문에 걸렸다.

"맞아요. 내가 망설이는 이유는 확답이 아니면 언제든 말이 바뀔 수 있다는 거예요. 그들이 우리의 뜻을 들어주겠다고 지금 이야기하지만, 후에 어떻게 바뀔지 몰라요. 국제사회에서는 법보다는 주먹이 가까운 법이고 미국과 우리나라를 비교하면 성인과 이제 갓 태어난 아기 같은 느낌이니, 그들이 구두 약속을 하고 그 약속을 파기했을 땐 답이 없지요."

"그래서 명문화를 강조하셨습니까, 전하?"

"문서로 남기면 최소한의 여론 몰이라도 가능하니까요."

"미국을 상대로 여론전이 가능하시겠습니까? 평상시라면 몰라도 지금은 전 세계가 전쟁하는 상황이고, 특히 유럽, 중화민국 모두 미국의 지원으로 전쟁을 수행하는 중입니다. 지금 상황이라면 여론 몰이 자체가 불가능할 것입니다, 전하."

심재원의 말은 일리가 있었다.

여론전은 미국의 신의에 타격을 주는 형태인데, 지금은 그런 것이 불가능했다.

전 세계의 2차 대전에 참전하는 연합국의 국가 중에서 미국의 지원 없이 전쟁 수행이 가능한 나라는 지금 없었다.

영국조차 무기는 대부분 미국으로부터 지원받는 처지인지

라 여론전을 펼쳤을 때 동방의 약소국의 손을 들어 줄 나라는 없었다.

"미처 거기까지는 생각하지 못했군요. 그럼 우리는 미국의 신의를 믿어 봅시다. 그것 말고는 답이 없으니."

내가 고민하던 것은 결국 선택지가 없는 하나의 답변만 가지고 있는 질문이었다.

단지 나 혼자 생각할 때는 알아차리지 못하다 심재원과 상의하니 복잡했던 머릿속이 조금 깨어난 느낌이었다.

"제 생각도 같습니다, 전하."

"다들 들어와서 일하도록 하세요."

심재원과 대화를 마치고 자리에서 일어나 문을 열고 말했다.

문 앞에는 양쪽으로 제국익문사의 요원 두 명이 지키고 서 있었고, 다른 요원들은 전부 1층으로 내려간 것 같았다.

요원들에게 말하고 나서 자리로 돌아와 미국으로 보낼 편지를 작성했다.

보내신 보고서는 잘 읽었습니다.

미국에서 고생하고 있는 모든 대한인에게 황실을 대표해 감사를 표합니다. 그들에게도 감사를 전해 주세요.

편지에 적은 협상 건은 OSS와 미국의 제안에 동의해 주세요.

우리의 의견을 관철하고 싶으나 물리적으로 불가능한 부분도 있고, 앞으로 많은 협력을 해 나가야 하는 상황에서 너무 얼굴을 붉히는 것도 좋지 않겠다고 생각했습니다.

OSS가 약속한 대로 주둔 허가를 받아 주겠다는 부분을 명문화하는 정도로 마무리하고, 나머지는 우리가 양보해서 빠르게 협상을 마무리하세요.

협상이 끝나면 우리 요원들을 빠르게 미국으로 보내도록 하겠습니다.

그쪽에서 어떤 방식으로 미국으로 수송할지 정해 주면, 다음 편지가 도착하기 전까지 아흔 명의 요원을 선발하도록 하겠습니다.

또한, 미국에서 열 명의 대학생을 알아서 선발해 주시고, 대신 선발해 훈련받는 인원을 제외한 다른 사람들에게는 비밀을 유지할 수 있도록 하세요.

이 부분은 어떻게 일본으로 알려질지 모르니 비밀 유지에 만전을 기해 주세요.

제국익문사에서 장준하를 비롯해 대상이 되는 인원들에 대해 조사를 할 것이니, 선발 예정인 인원들의 정보를 미국 제국익문사 요원에게 알려 주세요.

그리고 훈련 교관 파견에 대해서는 이전과 마찬가지로 정식으로 우리가 주둔하게 되면 소련과 중화민국 양쪽으로 훈련 교관을 파견해 주었으면 좋겠습니다.

마지막으로 전쟁 상황에 대해 예의 주시하고 태평양에서의 해군 간 전투 정보가 들어오는 대로 알려 주세요.

미국으로 보내는 편지를 작성해서 심재원에게 넘겨주었다.

심재원은 익숙하게 내게 넘겨받은 편지를 작업해 평범한 편지로 만들었다.

미국과의 편지를 고심하고 작성하는 동안 어느덧 점심시간이 되었고, 사무실을 지키는 인원을 제외하고 모두 점심을 먹고 돌아왔다.

사무실에서 이런저런 자료들을 살펴보고 있을 때, 젊은 요원 하나가 들어왔고, 심재원 사무에게 무언가 서류를 넘겨주고 나갔다.

그 서류를 읽은 심재원은 바로 자리에서 일어나 내게 다가왔다.

"전하, 전에 말씀하셨던 신익희에 대한 심화 조사 서류입니다."

"어떻던가요?"

"평범한 정치가로 느껴집니다. 지금 자신의 세력을 모으기 위해 임시정부 내에서 엄청난 노력을 하고 있다고 합니다. 그는 반사회주의 노선이고, 전형적이 레지스탕스보다는 현실 정치에 능한 사람으로 판단되었습니다. 특히 그는 예전에 조사했을 때도 그러했지만, 유학 시절 성적이 좋았고 머리가 좋으며 말을 잘하는 능변가입니다. 지금은 그 보고서에 적혀 있는 대로 독자적인 노선을 구축하기 위해 노력하고 있습니다, 전하."

심재원 사무가 건네준 서류를 보면서 그의 말을 들었다.

서류에는 지금 그가 어떻게 독자 노선을 구축하고 있는지, 누구와 접촉하고 있는지가 나왔다.

"제국익문사의 판단은 우리가 이 사람과 접촉해도 좋다는 것인가요?"

"나쁘지는 않으리라고 사료됩니다. 현실 정치에 능하고, 황실에 호의를 가지고 있으며, 반사회주의를 주창하는 사람이니 함께하면 괜찮을 것으로 생각됩니다, 전하."

정보 요원들의 판단은 접촉해도 좋다는 것이었다.

한쪽으로만 확인하면 완벽하게 확인되지 않았기에 교차 검증을 해 보기로 했다.

물론 이미 이 사람을 추천한 윤홍섭이 있기는 했으나, 윤홍섭은 신익희를 만난 지 오래되었고, 그사이에 사람이 어떻게 변했을지 확신할 수가 없었다.

"알겠습니다. 일단 이 서류는 보관해 두고, 이 문제에 대해서는 성재와도 한번 상의해 보는 게 좋겠군요. 금요일에 성재가 보고를 하러 오니, 그때 한 번 더 상의해 봅시다."

"알겠습니다, 전하."

심재원은 내 대답을 듣고는 내게서 서류를 받아서 챙겨 자신의 자리로 돌아갔다.

미국으로 편지를 보내고 며칠이 지나 평소와 같이 서류를 살펴보고 있을 때 정정화와 정진함 상임통신원이 함께 사무소로 찾아왔다.

"두 사람이 함께 나를 찾아오는 것은 생각지 못해서 신기하군요."

대화를 하기 위해 심재원 사무를 제외하고는 모두 밖으로 보내고, 소파에 앉았다.

"전하의 명령에 따라 편지를 보내고 나서 정정화 부인의 협조 아래 정보를 수집했습니다. 그리고 오늘 편지가 도착해 찾아뵈었습니다, 전하."

두 사람 중에서 정진함이 먼저 내게 말했다.

"벌써 정보를 수집하고, 노력해 주니 감사하군요. 부인도 우리를 도와주셔서 감사합니다."

"아닙니다. 전하께 도움이 되었다니 다행입니다. 제 부군께서도 전하께 도움이 되기 위해 해야 할 일이 있으면 언제든지 말해 달라고 했습니다, 전하."

정정화는 담담한 목소리로 내게 대답했다.

처음에 정정화라는 사람은 독립운동가인 김의환과 그의 아버지이자 정정화의 시아버지인 김가진을 따라와 그들의 독립운동을 내조하는 인물으로만 생각했었다.

하지만 이곳에 지내면서 그녀가 직접 여러 독립운동가를 모으고, 연결하는 역할을 한다는 것을 알게 되었다.

그녀는 남자들보다 친화력이 있고 사람을 알아보는 눈이 있어서, 꼭 필요한 사람들끼리 연결해 주고 일할 수 있도록 해 줬다.

"딱 맞는 사람을 필요한 인물에게 이어 주는 게 얼마나 힘든지 잘 알고 있습니다. 부인의 안목이니 한지윤 양을 신뢰할 수 있을 것 같습니다. 편지는 어떻게 왔나요?"

"여기 있습니다, 전하. 부인께서 성재에 대해서 알렸고, 제 이름도 알렸습니다. 그리고 그 편지를 받은 한지윤 박사는 우리에게 도움 줄 수 있음을 알려 왔습니다."

정진함이 내 질문에 대답했는데, 그의 대답을 들으면서 편지를 살펴보니 별다른 내용은 없었다.

자신은 먼 타국에서 독립과 상관없는 의사로 일하고 있지만, 독립에 대해서 지지하고 있고 자신이 할 수 있는 일을 지원하겠다는 내용이었다.

그중에서 눈에 띄는 부분이 있어 정정화에게 물었다.

"그렇군요. 근데 한지윤 양의 남편이 정치를 하고 있습니까? 여기에 그런 식으로 적혀 있는데……."

정치인은 아닌 정치에 가까운 사람이라고 표현되어 있어서 정확하게 어떤 인물인지 확인하기 위해서 물었다.

만약 그녀의 남편이 영국 정가에 관련된 인물이면 더없이 좋았다.

"저도 정확하게는 알지 못하나, 이전에 그녀가 결혼한다고 알려 왔을 때 그 남편의 직업은 대학의 정치학에 관련된 연구원이었습니다. 후에 정가로 가게 되었는지는 정확히 알지 못합니다. 하지만 지윤이가 직접 도움이 될 만한 사람이라고 했으니, 어느 정도 관련이 있을 거라 짐작하고 있습니다, 전하."

"정확히 알면 좋겠지만……. 뭐, 일단 영국으로 가면 알 수 있겠죠. 필요한 것이 있으면 심재원 사무에게 요청하고 준비가 되는대로 영국으로 가 주세요. 중화민국의 통행증을 발급받을 수 있으니, 영국으로 입국하는 데에는 어려움이 없을 것입니다."

"빠르게 준비를 마쳐 이번 정기편으로 갈 수 있도록 하겠습니다, 전하."

내 말에 두 사람이 아닌 심재원이 대답했다.

"영국과도 정기편이 있나요?"

정기편을 언급해서 이상해 되물었다.

홍콩이 무너지고 나서는 아시아에서 영국으로 가는 길이 막혀 버린 상태였는데 정기편이 있다고 말해 되물은 것이다.

"영국으로 가는 길은 지금 육로와 해로 모두 막혀 있습니다. 기존에 소련을 통해 육로로 유럽까지 가서 그곳에서 영국으로 가는 방법이 있었는데, 이것은 유럽의 전쟁과 함께 길이 막혀 버렸지요. 또한 정기적으로 운행되던 동아시아, 아프리카 식민지와 영국 간의 배는 이번 일제가 개전하면서 중단되었습니다. 그래서 영국으로 가기 위한 방법을 알아보다 이곳에서 차마고도를 통해 인도에 가서 그곳에서 영국으로 가는 방법을 생각했으나, 너무나 시간이 오래 걸리는 방법이었지요. 그렇게 알아보던 중에 이곳의 정정화 부인께서 미국을 통하는 방법을 제안해 알아보니 충분히 가능한 일이라 그렇게 하기로 했습니다."

심재원이 말하면서 중간에 정정화를 언급하자 그녀는 고개를 살짝 숙이는 것으로 대답을 대신했다.

"그럼 정기편으로 미국으로 가는 것인가요?"

내 질문에 심재원이 계속해서 대답했다.

"그렇습니다. 정기편으로 하와이까지 가고, 그곳에서 다시 배를 타고 미국 본토로 간 다음 아메리카대륙을 가로질러서 뉴욕에서 정기편을 타고, 영국으로 가는 일정입니다."

"지구를 가로지르는 엄청나게 먼 거리군요."

"유럽이 전쟁 중이라 어쩔 수 없습니다, 전하."

심재원 사무의 말이 끝나자 난 자리에서 일어나 내 책상에 준비해 놓은 편지를 가지고 왔다.

영국에 사람을 파견할 생각을 하고 나서부터 영국에서 해야 할 일을 정리한 편지였다.

그 편지를 가지고 와서 정진함에게 넘겨주었다.

"읽어 보고 규정대로 처리해 주세요."

"알겠습니다, 전하."

제국익문사에서 비문을 뜻하는 도장이 편지의 밀랍에 찍혀 있었는데, 그것을 알아본 정진함은 편지를 품속으로 챙기며 비장하게 대답했다.

"급하게 떠나는 것이니 바쁠 것이지만, 떠나기 전 마지막 만남일지도 모르는데 사진이나 함께 찍죠. 심 사무, 준비해 주세요."

내 말에 심재원은 익숙하게 태극기와 황실기가 함께 걸려 있는 곳으로 우리를 이끌었고, 자신은 카메라를 가지고 와서 설치했다.

정정화와 정진함 두 사람도 자연스럽게 이곳으로 와서 섰다.

"이쪽 가운데로 오세요."

나를 중심으로 서려고 했지만 그래도 먼 길을 떠나는 정진함이 주인공이니 그를 중심으로 이끌었다.

잠시 망설여서 내가 직접 그의 팔을 잡으니 그제야 가운데로 와서 섰다.

정진함을 중심으로 나와 정정화가 양쪽으로 서자 준비하고 있던 심재원이 말했다.

"자 찍습니다! 하나, 둘, 셋!"

펑!

심재원 사무가 셔터를 누르자 구형 카메라에 달린 플래시가 소리를 내면서 터졌고, 사진이 찍혔다.

벌써 몇 번째 찍는 사진인지는 기억이 나지 않았으나, 한 사람 한 사람 요원을 파견하면서 찍는 이 사진은 언제나 내 몸에 소름이 돋아나게 하였다.

이것이 마지막 영정 사진이 될지도 모르는 그들의 기분을 완벽히 이해하지는 못했지만, 이해하기 위해서 노력했다.

"영국에서 많은 노력을 해 주세요. 잘 부탁드립니다."

정진함이 밖으로 나가기 전 내게 고개 숙여서 인사할 때 그에게 말했다.

"감사합니다. 열심히 하겠습니다, 전하."

내 인사에 정진함도 똑같이 인사를 하면서 대답했다.

두 사람이 돌아가고 나서 저녁이 되자 2층에서 일하는 요원은 퇴근하고 사무실에는 나와 심재원만이 남아 있었다.

"몇 시쯤 온다던가요?"

임시정부와 협력 관계를 맺은 이후부터는 매주 금요일 성재가 임시정부에서 있었던 일과 우리와 협의해야 되는 일을 가지고 방문했다.

평소에는 일이 끝나기 전에 도착했으나, 오늘은 오후에 중요한 회의가 있다고 시간을 늦춰 달라고 요청해 왔다.

그래서 나와 심재원 사무만 2층에서 성재를 기다렸고, 시월이와 최지헌 그리고 오늘 당직 근무를 서는 제국익문사 요원들은 1층에 남아서 성재가 오기를 기다렸다.

"점심에 연락하기로는 6시쯤이면 이곳으로 올 것 같다고 했습니다, 전하."

"중요한 회의라고 했는데, 무엇인지 알아냈나요?"

"임시정부에서 활동 중인 요원들에게 전해 듣기로는 중화민국에서 사람이 왔다고 왔답니다. 회의 내용은 알아내지 못했다고 합니다, 전하."

"중화민국이라……. 장제스가 무슨 일을 꾸미고 있는 것인지 모르겠군요."

"아직 특별한 징후는 없었습니다. 우리 요원들이 모르는 사이에 진행되었을 수도 있지만 그래도 큰일이라면 어느 정도 징후가 있어야 하는데, 아무런 징후도 발견하지 못했습니다. 아무래도 평소에 하는 회의와 비슷한 것이 아닐까 생각하고 있습니다, 전하."

심재원은 조심스럽게 내 질문에 대답했다.

그래도 약간의 의구심은 지워지지 않았다. 성재가 금요일에 나를 찾아오는 것은 이제 임시정부의 공식적인 일이었는데, 그런 일을 미루고 회의에 들어갈 정도라면 무언가 중요한 일로 느껴질 수밖에 없었다.

"우리의 계획에 차질을 주는 일이 아니었으면 좋겠군요."

"전하와 독리의 노력으로 많은 계획이 수립되어 있으니 조금 틀어진다 해도 금방 새로운 계획으로 들어갈 것입니다. 너무 걱정하지 마십시오, 전하."

심재원과 대화를 주고받는 사이 정비소 쪽이 소란스러워졌다.

"도착했나 보군요."

"그런 것 같습니다, 전하."

심재원은 내 말에 대답하고는 자리에서 일어나 문으로 다가 문을 열었다.

얼마 지나지 않아 계단을 올라오는 소리가 들렸고, 성재가 올라오는 게 보였다.

성재와 함께 그의 비서인 최경현도 올라오는 게 보였다. 그를 맞이하기 위해 자리에서 일어나 인사를 했다.

"어서 오세요."

"늦게 오게 되어 송구합니다, 전하."

"아니에요. 바쁜 일을 하는 사람인데, 어쩔 수 없는 일이죠. 이쪽으로 앉으세요."

성재는 내게 인사하고 나서 내가 가리킨 소파에 앉았다.

그를 따라 들어온 최경현은 내게 인사하고, 성재의 가방을 성재 옆에 놔두고는 다시 사무실 밖으로 나갔다.

방 안에는 나와 성재, 심재원만 남았다.

"오늘 갑작스럽게 일이 생겼었나 보네요."

"그렇게 되었습니다. 전하께서도 이미 알고 계시겠지만, 중화민국에서 고위급 인사가 찾아오는 바람에 전하와의 약속을 미룰 수밖에 없었습니다, 전하."

"괜찮아요. 일을 하다 보면 어쩔 수 없는 부분이니까요. 무슨 일로 찾아왔던가요?"

서류를 정리해 놓은 성재는 서류 더미에서 서류철 하나를 꺼내 내게 넘겨주면서 대답했다.

"이게 오늘 중화민국에서 찾아온 이유였습니다. 미국에서 공식 서한으로 임시정부 광복군의 지휘권을 임시정부에 넘겨주고, 그들의 주둔을 허가해 줄 것을 요청해 왔습니다, 전하."

답장을 보낸 지 얼마 되지도 않았고, 아직 워싱턴까지 도착하지 않았을 텐데 벌써 요청이 들어왔다는 것에 잠시 놀랐으나 금방 평정심을 되찾고 말을 이어 나갔다.

"예상보다 빠르군요. 중화민국의 분위기는 어땠나요?"

"상당히 곤혹스러워하는 느낌이었습니다. 자국 내에 독자적인 지휘권을 가진 군대가 생기는 것에 상당한 반발감이 있었습니다, 전하."

지금 당장은 임시정부가 미국보다 중화민국에 기대고 있는 게 훨씬 많았기에 임시정부와 미국과의 관계가 나빠지는 것은 위험했다.

"틀어질 것 같은가요?"

"광복군의 주둔에 대해서는 이미 중경에 주둔하고 훈련도 그들의 도움을 받는 상황이지만, 지휘권을 넘겨주고 나면 국민당군과는 완전히 다른 군대가 되는 것이라 고민을 하는 모습이었습니다. 일단 당장은 불가능할 것 같다는 게 중화민국의 입장이었습니다, 전하."

"이미 공산당군과는 같은 나라이지만 서로 다른 명령 체계를 가지고 있지 않나요? 그리고 임시정부를 하나의 정부로 공식 인정한 중화민국군이 타국의 군대에 대한 지휘권을 가지고 있는 것도 웃긴 상황인데……."

이 자리에서 성재에게 말해 봐야 바뀌는 것은 아무것도 없었고 성재가 할 수 있는 일도 제한적이었지만, 답답한 마음에 그에게 말했다.

"이미 광복군이 설립될 때부터 독자적인 군대가 되기 위해 노력했지만, 국민당의 강요로 중화민국군 아래에 설립된 것이었습니다. 사실 그들이 굳이 우리에게 와서 설명할 이유는 없었는데, 아무래도 미국에서 공식적으로 요청해 온 것이라 우리를 설득하기 위해서 찾아온 것 같았습니다. 실례인 것은 잘 알지만 제가 질문 하나만 드려도 되겠습니까, 전하?"

내 물음에 대답하던 성재는 조심스럽게 내게 말했다.

"실례일 것이 없어요. 궁금한 것이 있으면 질문하세요."

"미국이 갑작스럽게 이런 요청을 해 오는 것은 전하의 뜻입니까?"

성재가 뜻밖의 질문을 해서 그가 이번 일에 대해서 알지 못하나 고민하다 가만히 생각하니 미국에서 하는 일에 대해 그에게 자세히 말한 적은 한 번도 없었다는 게 생각났다.

지나가는 말로 미국에서 협상이 진행되고 있다는 것은 알린 적이 있으나 정확한 내용에 대해서는 말한 적이 없었다.

"아직 성재에게 말을 안 했었군요. 맞습니다. 제국익문사의 주둔을 위해 협상을 하면서 광복군에 대해서도 말한 적이 있어요. 기본적으로는 우리 제국익문사와 광무군에 대한 주둔 협조를 요청했지만, 지청천 광복군 총사령관과 김원봉 부사령관 두 분 다 나와 함께하는 사람이니 광복군의 명령 권한도 중화민국으로부터 가져오는 게 당연하다고 생각해 진행했어요. 또한, 이제는 임시정부도 나와 함께하니 더욱 가져와야 하고요."

원래는 이번 주에 윤홍섭에게서 왔던 편지로 내용이 어느 정도 결정되어 오늘 성재가 오면 이야기할 부분이었는데, 미국이 빨리 움직이고 있어서 시기가 맞지 않아 버렸다.

미국이 이렇게 빨리 움직이는 것은 우리가 가지고 있는 패가 그만큼 매력적인 것으로 해석되어 나름의 성과는 있었다.

"역시 전하의 뜻일 거라고 짐작은 했었습니다. 오늘 낮에 갑작스럽게 찾아온 국민당의 사람이 하는 말에 국무위원 중 영문을 아는 사람이 없어서 회의가 조금 길어졌었습니다, 전하."

성재는 내 대답에 미소를 지으면서 내게 말했다.

그의 미소에서 자신을 야근에 휘말리게 한 원망 같은 것이 느껴진 것은 나만의 생각인지 알 수 없었다.

"일부러 그랬던 것은 아니에요. 오늘쯤 성재에게 말하려고 했는데, 미국이 생각보다 훨씬 빨리 움직였군요. 그래서 임시정부의 대응은 어떤 쪽으로 결정 났나요?"

"임시정부의 국무위원들과 광복군이 갈망하던 일이라 일단은 이번 회의에서는 지청천 장군의 부재를 들어 결정 보류했습니다. 사실 김구 주석도 정확하게 어떻게 된 일인지 알지 못해 지청천 장군의 핑계로 연기한 면이 큽니다. 저에게도 전하께 확인해 달라고 간곡히 부탁했습니다, 전하."

"결정은 보류했지만 내부적으로는 방침을 세웠을 텐데, 그것은 무엇인가요?"

내 질문에 성재는 내게 넘겨준 서류를 손으로 가리키며 대답했다.

"서류를 보시면 김구 주석이 직접 작성한 임시정부의 뜻이 적혀 있습니다, 전하."

성재의 말에 그가 넘겨준 서류를 펼쳐 들었다.

전하, 임시정부의 주석 김구입니다.

먼저 우리 광복군을 위해서 노력해 주신 것에 대해서 감사드립니다.

이번 일은 전하께서 하신 것으로 여겨지는데, 조금이라도 미리 언질을 주셨으면 이렇게 놀라지는 않았을 것으로 생각됩니다. 그래서 조금은 원망스럽습니다.

그래도 이때까지와는 전혀 다르게 이번에는 중화민국 쪽에서 급하게 찾아온 것을 보면, 전하께서 이미 미국과의 협상을 어느 정도 마무리하신 것으로 생각됩니다.

임시정부 내부적으로는 지휘권을 넘겨받는 것은 좋으나 중화민국과 척을 지면서 지휘권을 찾아오는 것은 오히려 독이 될 것으로 생각하고 있습니다.

그래서 전하께서 반대하시지 않는다면 우리가 양보하는 것으로 마무리했으면 좋겠습니다.

이시영 재무부장을 통해서 의견을 전해 주셨으면 좋겠습니다.

"지휘권을 넘겨받기를 원하지 않는군요."

자신의 나라 군대의 지휘권이 다른 나라에 가 있는 것을 돌려받을 기회가 왔는데 반대하는 것에서 조금 실망했다.

물론 임시정부의 많은 사람이 회의해 만든 결과겠지만, 반대하는 것 자체가 마음에 들지 않았다.

"중화민국의 지원을 받으면서 위축되었던 임시정부의 활동이 활기를 띠게 되어서 되도록 부드럽게 풀어 나가려고 생각하고 있습니다, 전하."

"지청천 사령관과 김원봉 부사령관은 어떤 생각인가요?"

어떠한 결정을 내리든 그 책임은 임시정부와 나 모든 사람이 함께 지고 가야 하는 것이었다. 그래서 되도록 많은 사람의 의견을 들어 보기 위해서 물었다.

"김원봉 부사령관과는 아직 이 부분에 대해서 논의를 하지 않아 모르겠습니다. 그리고 지청천 장군의 경우에는…… 그는 처음부터 광복군의 지휘권은 임시정부에서 가지고 있어야 한다고 주장했던 사람이니, 중화민국에서 이런 회의를 요청해 온 것을 알게 되면 분명히 지휘권 회복을 주장할 것입니다, 전하."

"아직 지청천 장군과는 상의하지 않은 것인가요?"

"지청천 장군은 광복군의 훈련 일정으로 내일이 되어야 중경으로 돌아올 것입니다. 그것을 중화민국도 알고 있어 오늘 회의에서 결정 내리지 않고 보류할 수 있었습니다, 전하."

성재는 결정을 보류해 이렇게 상의할 시간이 난 것에 감사하는 듯 웃으며 내게 말했다.

"지청천 사령관이 돌아오면 한번 상의해 보도록 하고 김원봉 부사령관과도 상의하세요. 그리고 내 생각에는 언제까지 이럴 수는 없으니, 그러면 아예 포기를 하지 말고 어느 정도

유예기간을 두고 지휘권 반환 날짜를 정해 그 기간까지 양쪽에서 혼란이 생기지 않도록 하면서 지휘권을 가져오는 건 어떤가요?"

미국을 우리의 뜻대로 움직일 기회는 많지 않으니, 이번 기회에 우리의 이익을 최대한 챙겨야 한다는 게 내 생각이었다.

"그 부분에 대해서는 주석에게 말해 한번 협상해 보겠습니다, 전하."

"이런 기회가 많지 않을 겁니다. 그러니 우리의 이득을 최대한 챙겨야겠죠. 임시정부의 입장도 이해는 했으니, 우리의 이익을 챙겨 주세요. 그런데 제국익문사의 주둔에 관해서는 이야기가 없던가요?"

"그런 말은 없었습니다. 지금까지 공개된 제국익문사는 제가 당수로 있는 하나의 정치단체로 알고 있어서 군으로 생각하지 않을 것입니다, 전하."

미국이 어떤 방식으로 협상을 하는 것인지 확신이 들지 않았다.

내가 OSS와의 협상을 주도하고 있는 유일한 박사에게 강조했던 것은 광복군의 지휘권이 아닌 제국익문사와 광무군의 주둔이었다.

그런데 지금 중화민국과의 협상은 광복군의 지휘권에 관한 것만 이야기해서 조금 이상했다.

"내가 미국에게 요청했던 것은 광복군의 지휘권 이양도 있었지만, 제국익문사의 중화민국의 군으로서 주둔이었는데 이상하군요."

"그런 부분에 대해서는 말이 없었습니다. 혹시 제국익문사로 중화민국의 사람이 찾아올지도 모르겠습니다, 전하."

제국익문사의 주둔은 나도 요청하기는 했지만, 조금은 조심스러운 부분이었다.

이미 제국익문사가 중경에서 활동하고 있었고, 정당 활동이지만 제국익문사가 활동하고 있다는 것을 알고 있는 사람도 많아 제국익문사의 주둔을 요청하면 이상하게 생각할 가능성이 높았다.

이 부분에 대해서는 유일한 박사에게도 조심스럽게 접근해 달라고 요청했었다.

완벽한 해답을 이야기해 주었으면 좋겠으나, 이 부분은 나도 제국익문사도 마땅한 해답이 없어서 막연히 부탁한 상태였다.

"일단은 알겠습니다. 다른 일은 없나요?"

"이번 주 국무회의에서 나왔던 안건 중에서……."

미국에 대한 대화가 끝나고, 성재는 평소처럼 이런저런 안건에 대해서 이야기해 줬다.

늦은 저녁 시간까지 보고를 받고 나서, 우리의 뜻과 대치되는 것에는 반박도 하면서 회의했다.

모든 회의가 끝나고 함께 늦은 저녁을 먹기 위해 일어날 때, 미처 하지 않은 말이 생각나서 성재에게 말했다.

"혹시 성재께서는 임시정부의 사람 중에서 신익희라는 인물을 알고 계시는가요?"

"해공海公 신익희申翼熙를 말씀하시는 것입니까, 전하?"

"그의 호가 해공이였나요?"

성재의 질문에 신익희의 호를 정확하게 기억하지 못해 옆자리에 앉아 있는 심재원에게 물었다.

"예전에 그의 호가 맞습니다. 왕해공이라는 이름으로 활동한 적이 있다고 들었습니다, 전하."

"그 사람이 맞는다면 잘 알고 있습니다. 아직 재입각한 지는 오래되지 않았으나, 임시정부 초기에도 합류해 활동했었던 인물이라 잘 알고 있습니다, 전하."

심재원의 설명에 성재는 자기 생각과 같은 사람이라 확신하며 대답했다.

"미국의 윤홍섭 박사가 그의 후원자였다고 하더군요. 그래서 그와 교류하면 우리의 일에 도움이 될 것이라고 추천했었는데, 성재의 생각은 어떤가요? 나는 윤홍섭 박사가 그와 오래 교류했지만, 최근에는 만나지 못했으니 지금 그가 어떤 사람인지 정확히 모른다고 생각해요."

"제가 보기에도 우리와 노선이 크게 다르지 않고, 황실에 대해 호감을 가지고 있는 괜찮은 사람입니다. 자신의 정치를 하고 싶어 하는 욕심이 있기는 하나, 정치 싸움으로 큰 틀에서의 독립운동에 방해가 되지 않게 잘 조절하는 사람입니다. 전하께서 직접 드러내시고 만나기가 꺼려지시면 제가 윤홍섭 박사의 말을 꺼내면서 접촉해 보겠습니다. 우리 쪽으로 오게 되면 많은 도움이 될 것입니다, 전하."

성재는 내가 망설이는 이유에 대해 잘 알고 있어 금방 괜찮은 의견을 제시했다.

"그것도 괜찮은 방법이군요. 그럼 일단은 성재가 접촉해 우리 쪽으로 끌어들일지, 아니면 배척할지 판단하시고 진행해 주세요."

"알겠습니다. 그러면 전하의 존재는 알리지 않고 접촉하겠습니다, 전하."

성재의 대답을 듣고 나서 품속에서 회중시계를 꺼내 시간을 확인하니, 이미 저녁 8시가 넘어가고 있었다.

"저녁은 제시간에 맞춰 먹는 게 좋은데 시간이 늦었네요. 다들 식당으로 가서 저녁을 먹읍시다."

먼저 저녁을 먹고 와 근무를 위해 기다리고 있던 요원들을 제외하고는 전부 함께 식당으로 이동해 저녁을 먹었다.

3장

저녁을 먹고 나서 숙소로 돌아와 서류를 펼쳐 놓고 생각에 잠겼다.

연합국에서 영향력 있는 다섯 개 국가는 미국, 영국, 소련, 중화민국 그리고 프랑스다.

그리고 지금 내가 어느 정도 작업에 성공한 나라는 미국과 프랑스, 중화민국이었다.

중화민국과 프랑스는 우리 임시정부를 하나의 국가로 인정한 상태고 어느 정도 작업도 끝났으며, 미국은 OSS와의 협상으로 어느 정도 가능성을 만든 상태였다.

연합국의 중심인 세 국가 중 소련에서는 조봉암이 노력해 주고 있었다.

미국은 가능성을 만들었으나 소련의 조봉암은 미국보다 훨씬 연락하기가 힘들었고, 공산국가라는 폐쇄성 때문에 우리의 뜻을 펼치기에는 제약이 너무 많았다.

그들이 우리를 정식 국가로 인정해 주면 좋겠으나, 아직 특별한 성과는 없었다.

특히 소련이 우리에게 딱히 필요한 것이 없다는 게 문제였다.

소련과 일본 간의 중립조약은 연합국과 추축국의 전쟁에도 굳건한 상태이고 소련에서 이 동아시아와 우리나라에 대한 관심을 가질 이유가 없었다.

조봉암의 노력으로 소련이 일본에 대해서 완전히 관심을 끊지 않고 어느 정도 생각해 보도록 하는 데에는 성공했으나, 그 이후의 진전이 없었다.

지금의 소련은 현실적으로 일본과 전쟁할 만한 이유도 능력도 없는 상태였다.

소련은 지금 독일과의 전쟁, 특히 레닌그라드(현現 상트페테르부르크) 공방전에 모든 전력을 쏟아붓는 중이고 극동에는 국경 수비군을 제외하면 군대 자체가 없는 상태였다.

그래서 어떤 방법으로 우리에게 관심을 두게 할지 방법을 찾아야 했다.

마지막 영국은 이제 시작하는 곳이라 큰 틀에서의 계획만 만들었을 뿐 아직 성과라고 할 만한 것도 없었다.

지금 가장 고민이 필요한 곳은 소련으로, 소련의 관심을 우리에게 가져올 방법을 만들어야 했다.

미래의 역사와 함께 고민해도 마땅한 돌파구가 보이지 않는 게 나를 더 미치게 하였다.

우리가 가지고 있는 것 중에서 어떤 것을 소련에 내줘야 매력적일지가 보이지 않았다.

소련에서 지금 가장 필요한 것은 물자였고, 그 물자는 미국에서 모두 지원해 주고 있었다.

우리가 생산 시설을 가지고 있어서 지원하거나, 강력한 군대를 가지고 있어 군대를 지원할 수도 없었다.

그러다 문득 무서운 생각이 하나 들었다.

실행할 수만 있다면 우리나라의 이익에는 더없이 좋은 것이었다.

다만, 그 계획을 실행해 성공하면 소련이 우리에게 관심을 가진다는 것은 확실했지만, 실행하기도 힘들었고 성공한다 해도 수백만의 사상자가 나올 것이라는 게 확실했다.

무서운 계획이었고 이것을 상의할 만한 사람이 없었다.

이 계획이 새어 나가 내가 기획했다는 것을 알게 되면 미국과 소련에서 우리 임시정부를 연합국의 일원으로 받아들이는 것이 아니라 적국으로 여겨 토벌 대상이 될 것이다.

그래도 실행 가능한 것인지 판단은 필요했기에, 종이를 꺼내어 계획을 수립해 보기 시작했다.

몇 시간 정도 서류를 작성하다 보니 이 계획의 첫 단추만 끼울 수 있다면, 그다음은 내가 아닌 다른 사람들이 나머지 단추를 끼워 작전을 완성시킬 것이라는 게 한눈에 들어왔다.

그런데 그 첫 단추를 끼울 방법이 문제였다.

실행했을 때 우리나라에는 도움이 되지만 제2차 세계대전의 향방 자체를 바꿀 수도 있는 위험한 계획이었기에, 완벽하게 확신이 들 때까지는 봉인하기로 결정했다.

그래도 계획을 잊어버리지 않게 꼼꼼히 작성하고 나서 적었던 서류를 컴퓨터 자판 암호문으로 옮겨 적은 다음 처음 작성했던 종이는 방에 켜져 있는 초로 불을 붙여서 태워 없앴다.

그것으로 나 말고는 아무도 알 수 없게 봉인했다.

“지금부터 소련에 나가 있는 요원을 통해서 레닌그라드의 점령 상황이 어떤지 확인해 주세요. 그리고 소련이 레닌그라드를 추축국에 뺏겼을 때 예상할 수 있는 파급 효과에 대해서 예측해 주세요.”

아침에 출근하자마자 나보다 먼저 출근해 업무를 보고 있는 심재원에게 말했다.

“알겠습니다. 그런데 소련에는 비교적 나가 있는 요원이 적어서, 블라디보스토크에 명령하겠지만 조사하는 데 시간이 오래 걸릴 것입니다, 전하."

미국과 중화민국 그리고 일본에는 요원이 많이 퍼져 있었는데, 소련에는 블라디보스토크에 광무대로 합류한 상임통신원과 연락을 위해 파견한 중경 훈련소 1기의 통신원 몇 명이 전부였다.

그나마도 통상적인 정보 수집만 하고 있지 제대로 된 정보활동은 안 하고 있었다.

"조금 늦어도 괜찮으니 최대한 상세하게 파악해 주세요."

"최대 6개월 안에 파악하도록 하겠습니다, 전하."

"그래요."

"전하, 그리고 동남아에 공작대를 파견해 연합군과의 협력에 대해서 이미 다른 단체에서 시도한 적이 있다는 것을 정보 수집 중 우리 요원이 파악하게 되었습니다, 전하."

심재원이 내 지시를 자신의 수첩에 적고 나서 내게 말했다.

"벌써 그런 생각을 가지고 연합군과 접촉했던 곳이 있다고요?"

심재원의 말에 나름 묘수라고 생각해서 만든 방안이었는데, 벌써 시도했던 곳이 있다는 것에 놀라 되물었다.

"그렇습니다, 전하. 그것도 우리와 비슷하게 영국군과의 협력에 대해서 타진해 본 것 같습니다, 전하."

"그게 어딘가요?"

"지금은 임시정부에 합류한 조선민족혁명당에 소속되어 있던 김원봉이 조선의용대의 대장 명의로 시도했었습니다. 아직 미일전쟁이 시작되기 전인 신사년(1941년) 초에 동남아에서 조선 의용대의 활동 상황 선전, 일제 통치하의 대한제국의 실상과 일제의 탄압을 알리고, 동남아 각 민족의 반일 운동을 강화해 동방 피압박 민족의 단결과 항일을 촉진할 계획을 세웠습니다. 그리고 중국국민당 외교부를 통해 동남아 각국과 서양 총독부에 협력을 구했었습니다. 실제 중국국민당 외교부는 중국 군사위원회 정치부에 의견을 구해 긍정적인 답변을 얻었고, 각국에 공문도 보냈으며 한지성韓志成이라는 당시 조선의용대 대원도 잠시 버마로 파견했었습니다. 그런데 이유는 아직 알려지지 않았으나 한 달도 채 활동하지 않고 복귀해 그 뒤로는 다른 대원을 파견하거나 하지 않았고, 모든 계획이 중단되었습니다, 전하."

내가 생각했던 것과 세부 내용은 다르지만 기본적인 계획은 비슷한 맥락으로 되어 있었다.

"상당히 구체적이군요."

"최근에 입수한 중화민국의 비밀문서를 살펴보던 요원이 발견한 내용입니다. 조선민족혁명당에 있었던 복수의 사람에게 이런 일이 있었음을 확인했습니다, 전하."

"정진함 통신원은 언제 미국으로 출발하지요?"

"다음 주에 있는 정기편을 통해서입니다, 전하."

아직 시간이 며칠 남아 있어서 정진함이 떠나기 전에 약산에게 한번 확인해 보는 것도 나쁘지 않을 것 같았다.

"이런 일의 당사자를 우리는 잘 알고 있으니 본인에게 확인해 보는 게 가장 정확하겠죠. 약산은 지금 어디 있나요?"

"광복군의 훈련을 마치고 오늘 중경으로 복귀하는 것으로 알고 있습니다, 전하."

"약산에게 말해 오늘 저녁에 만날 수 있도록 자리를 마련해 주세요."

"알겠습니다, 전하."

심재원 사무는 통신원에게 연락하도록 지시했고, 점심시간이 지나고 오후 업무를 시작할 때에 내게 와서 말했다.

약산은 오늘 훈련을 마치고 복귀해서 이미 광복군 대원들과 술자리를 가지기로 선약이 되어 있어서 사무소로는 못 오고 다른 날에 만나거나 아니면 술자리를 가지는 주점에서 잠시 대화하는 것이 어떠냐고 물어 왔다.

그래서 저녁에 만나기로 했다.

해가 지고 업무를 마치는 시간이 되자 약산이 보낸 의열단원이 나를 안내하기 위해서 찾아왔다.

"만일의 일을 대비해 무명 사기와 최지헌 통신원이 무장해 전하를 경호할 것입니다, 전하."

"심 사무는 너무 신중하네요."

중경은 비교적 안전하고 이제는 장제스를 통해 통행증까지 나온 상황이라 국민당군에게 해코지를 당할 일도 없었는데, 심재원은 내가 숙소와 사무소가 아닌 곳을 갈 때는 항상 무장한 경호원을 붙였다.

"만일의 사태에 대해서 대비해야 합니다. 독리께서도 전하께서 싫어하셔도 항상 만일의 사태에 대비하라고 지시했었습니다, 전하."

"괜찮아요. 싫어하는 것은 아니에요."

열심히 일하는 사람을 책망할 필요는 없었기에 웃으면서 대답했다.

의열단원이 탄 차가 먼저 출발하고, 나와 무명, 최지헌이 탄 차는 의열단원의 차를 따라갔다.

임시정부가 있는 섬에 위치한 주점 앞에 차가 멈춰 서자 우리 차도 그 옆에 주차했다.

"이곳으로 들어가시면 1층에서 모임을 하고 있습니다. 전하께서는 2층으로 바로 올라가시면 됩니다. 거기에 우리 단원이 기다리고 있을 겁니다. 그의 안내를 따라가 기다리시면 금방 단장님께서 갈 것입니다, 전하."

"고마워요."

차를 두고 무명, 최지헌과 함께 주점으로 들어가자 개방된 1층에는 이미 수십 명의 사람이 앉아서 왁자지껄하게 술을 마시고 있었다.

그들의 눈에 띄지 않게 2층으로 올라가자 2층은 개방된 1층과 다르게 복도에 양쪽으로 방이 있었다.

거기 2층에 서 있던 의열단원이 내게 인사해 왔다.

"오랜만에 뵙습니다, 전하."

이전에도 본 적이 있는 이충 의열단원이 계단을 올라온 나를 알아보고 인사했다.

"그러게요. 자주 봐야 하는데, 너무 오랜만이네요, 이충 단원."

"안내하겠습니다, 전하."

이충은 내 말에 웃으면서 대답하고는 복도를 가로질러 안쪽 방으로 나를 안내했다.

방 안에는 가운데 큰 원형 탁자가 놓여 있었는데, 그 주위로 의자가 놓여 있었고 의열단원으로 보이는 인물 두 명이 앉아 있었다.

그리고 들어온 문에서 오른쪽 벽에는 또 다른 문이 있었다.

"이 둘은 저희 단원들입니다. 두 분께서도 이쪽에서 대기하시고, 전하께서는 저쪽 문으로 들어가서 잠시만 기다리시면 단장님께서 곧 올 것입니다, 전하."

이충의 설명을 듣고 방 안으로 들어가 오른쪽에 있는 문을 연 뒤 나를 따라온 최지헌과 무명 두 사람에게 말했다.

"여기서 기다리세요."

"알겠습니다, 전하."

두 사람은 내 말에 문 앞쪽으로 와서 섰고, 그런 그들을 뒤로하고 방 안으로 들어갔다.

방으로 들어와서 보니 문이 있는 곳이 벽인 줄 알았는데, 칸막이 형태로 단체 모임을 할 때는 개방해서 사용하는 것 같았다.

처음에 특이한 형태의 방이라 이 방도 의열단에서 만든 곳인가 했는데, 칸막이가 있는 문 말고도 복도 쪽으로도 문이 나 있는 걸 보니 식당의 필요에 따라 만들어진 방인 것 같았다.

방 안의 장식을 구경하며 잠시 기다리자 내가 들어온 문이 열리면서 약산이 들어왔다.

"이 동지, 내가 선약이 있어서 이 동지를 이곳으로 오게 해 미안하오."

"아니요. 제가 갑자기 청한 만남이니 약산의 일정이 맞춰야지요."

약산이 자리에 앉자, 의열단원과 무명이 내 방으로 들어왔다.

의열단원의 손에는 여러 가지 음식이 들려 있었는데, 무명은 그런 의열단원을 감시하기 위해 따라 들어온 것이다.

몇 가지 중국 요리를 내려놓고 나가자 약산은 술잔에 술을 따르면서 말을 꺼냈다.

"시간이 시간이니만큼 저녁을 먹으면서 대화합시다."

"약산은 이미 술을 마신 것 같군요."

약산이 처음 들어올 때는 몰랐는데, 내 잔에 술을 따라 주는 그의 얼굴을 유심히 보니 이미 술기운이 올라와 조금 붉어져 있었다.

"며칠 동안 고된 훈련을 마치고 온 대원들을 격려하다 보니 몇 잔 했소. 그래도 아직 취하지는 않았고 충분히 대화가 가능하니 너무 걱정 마시오, 동지."

"괜찮아요. 제가 만남을 청한 것은 약산이 작년에 조선의용대 대장으로 있을 때 했던 일에 관해서 물어보기 위해서예요."

약산이 준 술을 함께 마시고 그에게 질문을 했다.

"의용대장일 때라……. 어떤 것인지 짐작이 안 가는군. 그때는 워낙 의욕적으로 일할 때라 많은 일을 진행해서 말이오."

"제가 물어보고 싶은 것은, 그때 동남아에 의용대원을 파견했던 일을 기억하시나요?"

약산은 내 질문에 잠시 침묵을 유지하다 자신 앞에 있던 술을 따라 술잔을 채워 연거푸 석 잔을 마셨다.

그런 그의 침묵을 깨지 않고 기다리자 약산은 석 잔을 마시고 나서 나를 보고 말했다.

"제국익문사가 상당한 능력을 갖추고 있는 것은 알았어도 나름 중화민국 안에서도 기밀로 분류된 내용까지 알아낼 줄은 몰랐소."

약산의 말에 미소로 대답을 대신했다.

그러자 약산은 자신의 잔에 술을 한 잔 더 따라 마신 후 말했다.

"이 동지가 알고 있는 대로 작년에 활동을 한 달도 채 못 했지만 버마의 영국군과 함께 활동했던 적이 있소."

"활동을 짧게 한 이유를 물어봐도 되나요?"

약산은 아픈 기억인지 잠시 인상을 쓰고 술을 한 잔 더 마시고 말했다.

"뭐, 이제 다 지난 일이니……. 나는 조선의용대의 활동을 선전하고, 동남아의 민족에게 조선의 현실을 알리려 했소. 일본의 식민지가 되면 어떻게 되는지 알려 그들의 항일 의식을 고취할 생각이었소. 내 뜻에 중화민국과 영국군도 동의했었는데……. 나를 막아선 것은 망할 거지 같은 장제스였소. 장제스는 김구가 우리 민족의 중심이 되기를 원했고, 거기다 내가 속해 있던 조선민족혁명당이 사회주의 계열이라 나 또한 공산주의자라고 생각해 그는 조선의용대의 모든 행위를 차단했소. 그래서 더는 조선의용대 독자적으로 활동하기가 힘들어졌고, 그 이후에 임시정부로 합류를 결정했소. 뭐, 뒷이야기는 이 동지도 잘 알듯이 임시정부로 합류를 결정했을 때 나와 함께하던 사람 중에 사회주의를 표방한 사람들은 최창익을 따라 조선의용대에서 이탈했소. 그리고 뒤늦게 합류한 임시정부에 내 자리는 없었고, 결국 이 동지를 찾아가게 된 것이오."

담담하게 말했지만, 그가 얼마나 힘들었는지가 담담함 속에 숨어 있는 그의 목소리에서 느껴졌다.

내가 느낀 김원봉은 좌우에 관해선 관심이 없었고, 독립된 이후는 생각하지 않았으며, 지금 일제를 몰아내야 한다고 생각해 독립 투쟁을 하는 사람이었다.

그런 그였기에 좌우 어느 쪽에서도 환영받지 못했다.

그가 이때까지 걸어온 길이 워낙 대단했기에 그의 명성은 필요하지만, 그에게 실권을 주는 곳은 좌우 어느 진영에서도 없었다.

"힘드셨겠군요."

그를 위로하는 것도 그에게 실례가 될 것 같아 툭 던지듯 한마디만 건넸다.

"뭐, 다 지난 일이고, 이 동지를 만나고 나니 나에게 실권을 주는 사람도 생기고 이시영 재무부장같이 나를 도와주는 사람도 생겼소. 게다가 지청천 사령관도 더는 나를 경계하지 않고 내 의견을 귀담아들어 주고, 김구 주석도 과거 상해에서 있을 때와 같이 나를 대해 주니 충분하오. 더는 내가 견제 대상이 아닌 것이지. 이게 다 이 동지 덕분이오."

원래 이렇게 심각한 대화를 할 생각은 없었는데, 대화를 하다 보니 이 방 안에 있는 공기가 모두 멈춰 버린 듯 무거워졌다.

애써 웃으며 이야기하는 약산은 미소를 띠고 있었으나 슬퍼 보였다.

"나 때문이 아니라 다 약산의 능력이에요."

"이 동지가 아니었으면 나는 허울뿐인 광복군의 부사령관이었을 것이오. 그런데 동남아에서의 공작은 왜 물어보는 것이오? 혹시 제국익문사에서 새롭게 준비하고 있는 작전이……?"

"한번 고려해 보고 있는데, 이제는 동남아 대부분이 일본의 손에 떨어져 쉽지는 않군요."

비밀로 진행하고 있는 작전이고, 내가 진행하고 있는 외교 활동까지 알려 줄 필요는 없었기에 적당히 둘러서 말했다.

"그런 것이라면 버마에서 활동했던 한지성 동지를 통해서 진행해 보는 것이 어떻소? 그는 영국 특수공작대의 동아시아 책임자인 콜린 H 멕켄지Colin Hercules Mackenzie와 아는 사이니, 지성이를 통해서 멕켄지와 대화하면 돌파구가 나오지 않겠소?"

"그것도 나쁘지 않아 보이는군요. 그는 지금 어디 있나요?"

"이 아래에서 술을 먹고 있소. 오늘은 술을 많이 마셔 조용히 대화하기 힘들 것이니, 훈련이 없는 이번 주말에 사무소로 보내겠소. 그리고 나중에 필요하면 지청천 장군에게 말해 그를 제국익문사로 파견해 주겠소."

"일단 그와 대화를 해 보고 필요하다 생각되면 성재를 통해서 말해 드릴게요."

"내가 오래 자리를 비우면 대원들이 이상하게 생각할 것이라……. 이 정도면 궁금증은 해소가 되었소?"

"충분해요. 약산이 먼저 나가고 나면 조금 시간을 보내고 조용히 나갈 테니 먼저 내려가세요."

"이 동지, 나중에 날 잡아서 함께 술이나 먹읍시다."

약산은 웃으면서 대답하고는 먼저 방 안에서 나갔다.

그가 나가고 나자 내 방으로 무명과 최지헌이 들어왔다.

"밖에서 기다리며 저녁은 먹었나요?"

이미 탁자 위에 의열단원이 놓고 간 음식이 많이 있었고, 지금 숙소로 돌아가서 또 저녁을 차려 먹는 것보다는 이 남은 음식을 먹고 가는 것이 좋을 것 같아 물었다.

"의열단원들이 음식을 가져오기는 했으나, 먹지는 않았습니다, 전하."

"그럼 그 음식도 가지고 들어오세요. 숙소로 가서 이 늦은 시간에 이 상궁에게 저녁을 부탁하는 것은 미안하니 이곳에서 먹고 가지요."

"알겠습니다, 전하."

내 말에 최지헌과 무명은 문밖에 있던 음식을 가지고 들어왔다.

그들이 음식을 가지고 들어오는 문틈 사이로 이충이 눈에 들어왔다.

"그대도 이쪽으로 와 같이 들지."

"감사합니다, 전하."

내 제안에 이충은 고개 숙여 대답하고는 두 사람과 함께 방으로 들어왔다.

탁자 위에는 네 사람이 먹기에는 많은 양의 중국 음식이 놓였고, 그 음식들을 배부르게 먹고 나서 자리에서 일어났다.

이충과 함께 2층 복도를 지나 내려가자 1층에서는 광복군 대원들의 술 먹는 소리가 크게 들렸다.

그런 그들의 소리를 뒤로하고 이충의 배웅을 받으며 주점을 벗어났다.

"혹시 한지성이라는 광복군 대원에 대해서 알고 있나?"

숙소로 돌아가는 차 안에서 혹시 제국익문사에서 한지성

에 대해 알고 있는지 궁금해 최지헌에게 물었다.

"알고 있습니다, 전하. 그는 광복군 1지대의 중대장으로 김약산이 임시정부로 합류할 때에 함께한 인물입니다. 한지성은 안중근 의사의 동생이자 김구 주석의 오른팔로, 한국독립당과 한인애국단의 재정을 담당해 오다 기묘년己卯年(1939년)에 암살된 안공근의 사위입니다. 언어에 대해서 상당한 능력을 갖춘 손위 처남의 영향으로, 그도 외국어에 능통한 것으로 알고 있습니다, 전하."

최지헌은 내 질문에 아주 자세하게 대답했다.

"임시정부의 모든 사람에 대한 정보를 기억하나? 어찌 그리 자세히 알고 있어?"

제국익문사는 폭파나 암살 작전 같은 일도 하지만 기본적으로 정보 작전을 하는 요원들이라 기억력과 응용력이 좋은 사람이 주를 이루고 있었다. 그렇지만 광복군의 일개 대원까지 알고 있는 게 신기해 물었다.

"전부 다 기억하고 있는 것은 아닙니다. 단지 한지성은 버마에 파견되었던 조선의용대의 요원이라 심재원 사무가 제게 미리 알려 주었습니다. 그리고 심재원 사무가 알려 주기 전에도 그의 처백부가 안중근 의사여서, 안중근 의사의 집안 사람에 대해서는 대략 알고 있습니다, 전하."

한지성에 관해서 물었는데 뜬금없이 안중근 의사의 이름이 튀어나와 놀랐다.

"이등박문을 처단한 그 사람을 말하는 것인가?"

"그렇습니다. 그의 가족들도 그분의 뜻을 따라 대부분 임시정부에서 활동하고 있습니다, 전하."

임시정부는 여러 지역을 도망 다니고 임정의 소속원끼리 서로 잘 알고 있어 혼맥으로 엮이는 경우가 많이 있었는데, 약산의 심복 중 한 명이 안중근의 동생이자 김구의 심복과 사위, 장인 관계라는 것에 신기함을 느꼈다.

그러다 최지헌이 했던 말 중에서 내 귀를 잡아끈 단어가 있었다.

"그런데 안중근의 동생이 암살을 당했다고? 일본의 짓인가?"

암살이라는 단어와 안중근 의사의 동생이라는 교집합이 떠올리게 하는 것은 일본이었다.

"배후는 밝혀지지 않았습니다, 전하."

"제국익문사에서도 모르는 것인가?"

평소 정보 수집을 많이 하고 비밀이 없다고 느껴질 정도로 잘해 왔던 제국익문사라 최지헌에게 되물었다.

"기묘년에는 아직 중경에 사무소와 요원이 없어서 파악하지 못했습니다. 후에 요원들을 동원해 조사해 본 적은 있으나, 누군가 흔적을 지운 것처럼 배후를 짐작할 만한 증거는 아무것도 발견하지 못했습니다, 전하."

"그런가? 아쉽군……."

"심재원 사무에게 말해서 재조사를 해 보도록 하겠습니다, 전하."

내가 궁금증을 가진다고 생각한 것인지 최지헌이 빠르게 내게 말했다.

"아니네. 지금 제국익문사에 산적한 현안이 많은데 그 일에 힘을 쏟을 수는 없지. 조사하지 말게."

제국익문사에서 사용할 수 있는 재원에는 한계가 있다. 의문이 남는 사건이기는 했으나 자세히 조사할 정도로 중요하지는 않아 보였기에 최지헌에게 말했다.

"알겠습니다, 전하."

"내일 한지성이 찾아온다고 하니, 일단은 그에 대한 자료를 내일 아침 일찍 준비해 주게."

"사무소에 오시면 볼 수 있도록 준비해 놓겠습니다, 전하."

다음 날 사무소에 출근하니 내 책상 위에 최지헌이 준비해 놓은 한지성의 자료가 놓여 있었다.

자료를 살펴보았으나, 특별하게 신경 쓸 만한 것은 없었다.

김원봉과 함께 조선민족혁명당과 조선의용대에서 활동하

다 사회주의 계열이 화북으로 빠져나가고 나서 김원봉과 함께 중경으로 합류한 사람이었다.

한지성에 대한 자료를 살펴보고 나서 업무를 하고 있을 때, 1층 사무실을 지키는 제국익문사 요원이 올라와 한지성이 도착하였음을 알려 왔다.

보던 서류를 정리하고 1층으로 내려가니 김구 주석만큼은 아니지만, 나보다는 훨씬 큰 키에 떡 벌어진 어깨가 눈을 잡아끄는 건장한 청년이 나를 기다리고 있었다.

외모만 놓고 봤을 땐 나와 비슷한 나이대로 짐작되는 인물이었다.

"어서 오세요."

"김원봉 부사령관님의 지시로 찾아뵈었습니다, 이우 전하."

그에게 악수를 청하자 그가 내 손을 맞잡아 악수하며 말했다.

"그래요. 광복군 주둔지에서 오자면 먼 곳이었을 텐데, 와줘서 고마워요."

광복군의 주둔지는 중경 남쪽 외곽에 있고, 임시정부는 동쪽 외곽에 있다.

거기다 2층으로 올라왔던 요원이 그가 걸어왔음을 알려주어서 중간에 누군가 태워 줬을지도 모르나 상당한 거리를 걸었을 것이라는 게 짐작이 가서 말했다.

"아닙니다."

"이쪽으로 앉아요."

나와 한지성이 1층의 소파에 앉자 제국익문사 직원이 차를 두 잔 내려놓았다.

"거리가 먼데 오면서 힘들지 않았나요?"

"걸어 다니는 것에는 익숙해 이 정도는 아무것도 아닙니다."

당당하게 말하는 그의 목소리에는 숨길 수 없는 긴장감이 서려 있었다.

"내가 만남을 청한 이유에 대해서는 약산에게 들었나요?"

"버마에서 있었던 일에 대해서 말씀하실 거라고 들었습니다."

허리를 꼿꼿하게 세운 상태로 대답하는 그의 모습이 이런 사람이 전형적인 군인이 아니겠느냐는 생각을 들게 했다.

"그럼 어느 정도 짐작하고 있겠군요."

"그렇습니다."

"이번에 다시 한 번 영국과 함께 합동작전을 해 볼까 생각하고 있어요. 그런데 한 대원이 그곳의 책임자와 알고 있다고 해서 어떨까 물어보기 위해 불렀어요."

"어디서부터 말씀드리면 되겠습니까?"

한지성의 말에 주머니 속에서 회중시계를 꺼내서 시간을 확인했다.

이제 1시가 조금 넘은 시간이었고, 오후에는 특별한 일이 없어 시간은 충분히 있음을 확인했다.

"시간은 여유가 있으니 처음부터 차근차근 말해 주세요."

"그러면 제가 김원봉 부사령관으로부터 처음 명령받았을 때부터 말씀드리겠습니다. 제가 의용대원으로 복무 중일 때……."

한지성의 말은 어제 약산에게 들었던 것, 제국익문사에서 조사한 내용과 크게 다르지 않았다.

단지 그가 버마에서 실제 활동했던 것은 3주가 채 되지 않았으나, 버마에서 영국군 SOE(Special Operations Executive : 영국 특수공작대)와 협력해 영국군이 노획한 일본군의 서류를 번역했다고 했다.

영국군에는 일본어 전문가가 거의 없었는데, 영어가 가능한 한지성은 그들에게 구세주와 같은 느낌이었다고 했다.

짧은 기간이었지만 동인도 SOE의 책임자인 맥켄지는 한지성에게 조금 더 많은 요원을 파견해 각 부대별로 나누는 계획까지 제안했었다고 했다.

제국익문사와 약산에게 듣지 못했던 부분에 대해서 듣고 나니 어느덧 시간이 2시간 정도가 지나 있었다.

"그럼 맥켄지와 따로 연락은 하지 않았나요?"

1년이 지났기는 했지만, 아직 그리 많은 시간이 지난 것은 아니어서 물었다.

"저를 파견했던 주체인 조선민족동맹과 조선의용대가 해체되고 임시정부로 합류하면서 연락이 끊어졌습니다. 그래도 제가 직접 SOE의 본부가 있는 캘커타로 가게 되면, 그를 만날 수는 있을 것입니다, 전하"

그가 우리 요원이 아니라 그를 직접 파견하기에는 많은 단계를 거쳐야 했다.

일단 이것은 내가 결정할 수 있는 문제는 아니라 생각되었다.

"알겠습니다. 이 문제는 조금 더 고민해 볼 필요가 있겠군요. 약산에게도 안부 전해 주세요. 그리고 이런 대화를 한 것은 비밀에 부쳐 주시고요."

"알겠습니다. 제가 했던 일도 지금은 비밀이고, 김원봉 부사령관님께서도 이 일에 대해서 비밀로 하라고 하셨습니다. 그리고 제가 이곳으로 온 것은 아무도 모를 것이니 걱정 안 하셔도 됩니다. 그럼 저는 가 보겠습니다, 전하."

저녁을 먹으러 가기에는 시간이 아직 일러 그냥 그를 돌려보냈다.

그가 돌아가고 나서 2층으로 올라가 업무를 보고 있는 심재원 사무에게 다가갔다.

"대화는 잘 끝나셨습니까, 전하?"

"대부분 알고 있었던 내용이라 특별한 것은 없었어요. 단지 한지성 대원이 아직 영국군 공작대의 인도 책임자와 끈을 가지고 있어서, 그가 직접 캘커타로 가게 되면 어느 정도 돌파구가 있을 수도 있겠다는 생각이 드는군요."

내 말을 들은 심재원은 잠시 생각하더니 고민이 되는 표정으로 말해 왔다.

"그가 지금은 광복군 소속이라 그를 파견하기 위해서는 임시정부와 중화민국에도 우리의 작전에 대해서 다 알려야 할 것입니다. 미국이나 소련에서만큼의 비밀스러운 작전은 아니지만, 많은 사람이 알게 되는 일이니 한번 재고해 보시는 것이 어떨까 사료됩니다, 전하."

심재원의 말과 나도 같은 생각이었다. 이번 일에 꼭 비밀을 유지해야 하는 것은 아니었지만, 굳이 우리가 먼저 드러내고 작전을 진행할 이유는 없었다.

"나도 비슷한 생각이에요. 일단 이번 정기편으로 떠나는 정진함 상임에게는 캘커타에서 이런 일이 진행될 수 있다고만 알리세요. 그가 영국까지 가서 활동하려면 시간이 걸릴 것이고, 그사이에 성재와 다른 사람과도 상의해 한지성 대원을 인도로 파견하는 것을 논의해 봅시다."

"알겠습니다, 전하."

"그래도 영국에서 정진함 상임의 협상이 지지부진해지면 그를 통해 영국군 공작대의 인도 지역 책임자와 대화를 해 보면 좋을 듯싶군요. 지역 책임자인 그의 요청이라면 영국 정부도 마냥 외면하기는 힘들 테니 괜찮은 답변을 받을 수 있을 거라고 생각되네요. 일단 영국으로 가는 정진함이 성공하기를 바라지만, 성재와 상의해 실패했을 때를 대비한 후속 조치로 준비하지요."

"전하의 말씀대로 계획을 수립하도록 하겠습니다, 전하."

심재원은 내 말을 자신의 수첩에 일일이 적어 넣었다.

"아, 그리고 이번 정기편에는 편지가 도착하지 않았나요?"

아침에는 한지성이 오는 것과 그의 신상 자료가 올라온 것에 정신이 팔려 미처 생각하지 못했는데, 오늘이 정기편이 도착하는 날이었다.

책상에 미국에서 온 편지가 안 올라와 있었다는 게 기억나서 물은 것이다.

보통 내가 답장을 보내고 나면 2주 뒤에는 항상 보고서가 돌아오는 게 일상이었기에 이상했다.

"오전에 갔었으나, 기상 문제로 하와이의 정기편이 출발하지 못했다고 합니다. 지금 요원이 도착하는 대로 편지를 받기 위해 대기하고 있으니, 도착하는 대로 가지고 올 것입니다, 전하."

"오늘 도착하지 못할 수도 있나요?"

"정확히는 모르겠습니다. 날씨 때문에 늦어질 때에는 빠르면 당일 오후에, 늦으면 다음 날에 도착하는 예도 있었습니다. 오늘 도착하지 않으면 내일 오전에 도착할 것입니다,

전하.”

“중요한 시기인데…… 큰일이군요.”

“곧 도착할 것이니 너무 심려치 마십시오, 전하.”

지금 중화민국이 협상을 진행하고 있어 미국에서 어떤 식으로 협상을 시작한 것인지 확인할 필요가 있었는데, 편지가 오지 않고 있어 마음이 쓰일 수밖에 없었다.

심재원을 재촉해서 되는 일이 아니었기에 별다른 말을 하지 않고 내 자리로 와서 앉았다.

“전하, 미국으로 보낼 인원 선발을 끝마쳤습니다.”

내가 자리에 앉자 심재원이 한 뭉치의 서류를 내게 가져와 말했다.

“아흔 명 전원 선발이 끝이 난 건가요?”

“그렇습니다, 전하. 기본적으로 영어가 가능하고, 훈련소에서 암살 훈련을 받은 인원 중 성적이 좋은 요원을 선발했습니다. 심화 훈련을 받는 인원 중에서도 일부 선발했으니, 실력에 대해서는 보장할 만한 요원들입니다, 전하.”

그가 넘겨준 서류에는 선발된 요원들의 이름과 그들이 받은 훈련, 성적이 빼곡히 적혀 있었다.

며칠 되지 않았는데도 벌써 선발을 마쳤다는 것에서 심재원이 얼마나 열심히 했는지가 보였다.

“심 사무가 고생했군요. 그런데 전에 영어가 가능한 인물들에 대해서 알려 줄 때 1백여 명 정도의 인원이었는데, 여기 들어간 인물은 그들 중에서 선발한 것인가요?"

"미국에서 활동해야 해 그 인원들을 중심으로 선발했습니다, 전하."

"1백 명 중에서 아흔 명을 선발했으면 남아 있는 요원 중에서 영어가 가능한 인물은 10여 명밖에 되지 않겠군요."

"그렇습니다, 전하."

심재원의 대답에 고민에 빠질 수밖에 없었다.

미국에 보내는 인원이 영어를 못한다는 것은 말이 되지 않았지만, 영어가 가능한 인원을 전부 미국으로 보내고 나면 영국군과 협력할 때가 문제였다.

그들도 영어를 쓰는 군대였기에, 그들과 협력해 작전할 요원들도 영어가 가능해야 했다.

"빨리 선발한 것은 고마우나 조금 수정해야겠군요."

"말씀해 주시면 바로 재선발하겠습니다, 전하."

며칠 동안 고생해서 만든 명단일 텐데 그 명단을 수정하라는 내 말에도 심재원은 기분이 나쁜 내색 하나 없이 대답했다.

"일단 여기서 선발한 요원 중에서 서른 명 정도는 빼고, 영어에 능통하지는 못하나 조금이라도 배운 요원들 중에서 집중 교육해 소통이 가능한 수준까지 끌어올릴 만한 인물들로 채워 주세요. 이들을 전부 미국으로 보내고 나면 후에 영국군과 협력할 인원이 아예 없으니, 영어에 능통한 인원을 남겨 놔야 합니다. 40여 명 정도면 충분할 것이니 심 사무가 판단해 재선발해 주세요."

심재원은 내 말에 자신이 무엇을 실수했는지 알게 되었다는 표정으로 대답했다.

"바로 재선발 작업을 해서 이번 정기편이 돌아갈 때 보낼 수 있도록 보고하겠습니다, 전하."

"세부 명단은 나를 거치지 않아도 좋으니 심 사무가 알아서 작업해서 미국으로 보내는 편지에 함께 보내 주세요."

세부 명단을 받아 읽어도 요원에 대해 내가 잘 알지 못했기에 심재원의 일을 줄여 주기 위해 말했다.

4장

오후 일과 시간이 끝나갈 즈음 정기편을 기다리기 위해 나가 있던 요원이 돌아왔다.

그는 편지 가방을 가지고 사무실로 돌아왔다.

"보고서가 도착했습니다, 전하."

사무실로 들어온 요원이 내게 말했다.

"일과를 끝낼 시간이기는 하나, 편지를 확인하고 숙소로 돌아가야겠군요."

"빠르게 작업해서 올리겠습니다, 전하."

숙소로 돌아가기 위해 준비하던 심재원도 요원이 보고하는 것을 듣자마자 그 요원에게서 편지를 받아 읽을 수 있도록 작업했다.

편지의 겉봉투를 뜯어 이중으로 포장되어 있는 편지를 분리하고, 촛불 위에 올려 글씨가 나타나게 했다.

5분 정도 지나자 빠른 손놀림으로 만들어 낸 편지를 내게 가져왔다.

"여기 있습니다. 발신자는 유일한 박사입니다, 전하."

심재원이 건넨 편지를 받아 들자 심재원은 다른 요원들을 먼저 숙소로 돌려보냈다.

전하께서 말씀하신 대로 협상을 마무리했습니다.

이 편지가 도착할 때쯤이면 미국의 공문이 중화민국에 도착했을 것입니다. 빠르게 움직였다면 벌써 전하께서 알고 계실지도 모르겠습니다.

OSS의 수장인 도노반 소장이 우리와의 협력을 빠르게 진행하고 싶어 해 그가 직접 White House를 방문해 대통령에게 재가를 받았습니다.

광복군의 지휘권 회복은 일단 중화민국 정부에 통보하였으나, 그들이 난감해하고 임시정부와 다시 협상해 보는 정도가 미국이 할 수 있는 최선의 협상이라고 전해 왔습니다.

또한, 중화민국의 주둔 협상은 우리 제국익문사가 임시정부의 소속으로 주둔하지 않겠다는 우리의 요청에 대안을 고민하다 이곳 제국익문사가 의견을 제안했고, 이것에 미국이 동의해 협상을 마무리했습니다.

중화민국의 땅에서 제국익문사가 임시정부 소속으로 주둔하게 되면 지휘권이 중화민국으로 귀속되어 이 방법은 불가능하고, 주둔을 위해 우리의 모든 것을 드러낼 수는 없었습니다.

그래서 제국익문사에서 제안한 방법은 미국 소속의 훈련소를 설치하는 것으로, 미국군 소속으로 대한인을 모집해 훈련한다고 중화민국에 통보하기로 했습니다.

미국의 자국 소속의 부대로 편성하되 지휘권에 관해서는 모두 우리에게 양도한다고 제안했습니다.

그래서 북미 대한인국민회의 중앙집행위원장인 송헌주가 대표 자격으로 협정서協定書에 날인했습니다.

이것으로 이제 미국 정부와 정식으로 협력 관계가 되었습니다.

제국익문사 중경 사무소에서의 요원 훈련을 위한 교관은 빠른 시일 내에 부대를 편성해 파견해 주기로 결정했습니다.

또한, 미국에서 훈련받을 인원에 대해 훈련 장소인 미국 본토로의 이송은 미국 정부에서 중경으로 특별편을 편성해 이동하면 어떻겠냐고 제안했습니다.

선발이 완료되면 정확한 세부 일정을 조율하겠습니다.

또한, 소련에서의 주둔은 현재 소련과 협상이 진행 중입니다. 협상이 완료되는 대로 보고하겠습니다.

그리고 이것은 제 개인적인 요청인데, 이곳에서 선발할 수 있도록 배정해 주신 열 명의 유학생들 외에 저 역시 훈련을 받아 요원으로 경성으로 파견되고 싶습니다.

그래서 전하께서 재가해 주신다면 이 한 몸 분골쇄신해 대한을 위해 일하겠습니다. 재가 부탁드립니다, 전하.

마지막으로 협정서에 사인하는 자리에서 OSS의 수장인 도노반 소장이 조금 이상한 이야기를 했습니다.

'협상이 만족스럽게 진행된 것에 감사드린다고 전해 주세요.' 라고 말하고 나서 마지막에 'To His Highness' 라는 말을 했습니다.

그는 저와 악수하며 작게 말한 것이지만 그 단어가 뜻하는 것은 분명했습니다.

OSS가 전하에 대해서 파악한 것인지는 알 수 없으나 북미대한인국민회가 임시정부가 아닌 대한제국의 황실과 관련되어 있다는 점은 파악한 것으로 보입니다.

제가 이것을 어떻게 대응해야 하는지 판단이 서지 않아 전하에게 보고드립니다.

이 부분에 대해서는 아직 미국의 그 누구에게도 알리지 않았고, 전하께 바로 보고드립니다.

어떻게 대응해야 하는지 알려 주시면 그대로 대응하겠습니다, 전하.

유일한 박사의 보고서를 읽으며 중화민국이 임시정부에 급하게 찾아온 것과 제국익문사 주둔에 대해서는 아무런 말을 하지 않은 것이 이해가 되었다.

그리고 편지를 다 읽고 마지막에 붙어 있는 추신이 내 눈을 잡아끌었다.

미국이 나에 대해 언젠가는 파악할 것이라고 예상했는데, 그 언젠가가 너무 빨리 왔다는 것에 놀랄 수밖에 없었다.

"역시 세계에서 수위首位를 다투는 정보력이군."

"무슨 일이 있으십니까, 전하."

내 혼잣말을 들은 심재원에 내게 물어 왔다.

"미국에서 나에 대해서 어느 정도 파악했다고 하는군요. 일단 이것을 확인해 보세요."

내 말에 놀란 표정이 된 심재원은 급하게 내게서 편지를 받아 가 읽기 시작했다.

미국에서 고생한 유일한 박사와 윤홍섭, 송헌주에게 수고했음을 적고 앞으로 해야 할 일에 대해서 작성하고 있을 때, 편지를 다 읽은 심재원이 내게 다가왔다.

"일단 우리가 원했던 것은 어느 정도 이뤘다고 생각되는군요."

"그렇습니다, 전하. 그리고 전하에 대한 부분은 아직 정확하게 미국이 파악했다고 생각하기는 힘들어 보입니다. 아마도 OSS의 수장이 정확하게 전하에 대해 파악했다기보다는 임시정부나 조선독립동맹과는 연관성이 보이지 않는 북미대한인국민회의 상부 조직에 대해서 예상하다 대한제국의 황족이 아닐까 생각해 한번 떠본 것이 아닐까 생각됩니다. 일단은 우리가 공개하기 전까지는 무대응으로 일관하는 것이 가장 좋아 보입니다, 전하."

내 걱정을 덜어 주기 위한 것인지 심재원은 최대한 긍정적인 해석을 했다.

그의 말이 맞을 수도 있지만, 예측 불가능한 상황에서는 최대한 안 좋은 쪽으로 예상해 대응하는 것이 내 방식이었다.

"일단은 그들이 나에 대해 정확히 파악했다고 생각하고 대응해 주세요. 우리가 먼저 알릴 필요는 없지만, 최악의 상황에 준해 대응해 주세요."

"알겠습니다, 전하."

"늦었으니 퇴근하지요."

"먼저 가시면 저는 사무실을 정리하고 가겠습니다, 전하."

"그래요. 저녁을 함께 먹게 얼른 정리하고 오세요."

편지를 확인하느라 늦은 시간이어서인지 식당에는 손님이 아무도 없어 나와 시월이, 심재원 사무만이 앉아서 저녁을 먹었다.

이 상궁이 직접 만든 음식을 맛있게 먹고 있는데, 식당에 세 사람 빼고는 아무도 없고 최지헌과 다른 통신원이 식당 입구와 후문에 앉아 쉬는 척하며 주변을 경계하는 모습이 보였다.

저녁을 다 먹어 갈 때쯤 심재원에게 지나가는 투로 물어봤다.

"유럽의 추축국을 우리의 뜻대로 움직일 만한 방법이 뭐가 있을까요?"

"독일국과 이탈리아 왕국을 말씀하시는 것입니까?"

중요한 이야기를 한다고 생각한 것인지 심재원은 작은 목소리로 대답했다.

시월이도 식사를 마치고 자리에서 일어나 탁자를 치우며 주방으로 들어갔다. 그래서 식당에는 나와 심재원만 남게 되었다.

"네, 그들에게 매력적인 일이 있는데 그것을 전할 방법이 뭐가 있을까요?"

"……마땅한 방법은 떠오르지 않습니다. 연합국이라면 외교적으로 가능하지만, 추축국에 대해서 특히 유럽의 국가에 대해서는 마땅한 접촉 방법이 떠오르지 않습니다, 전하."

"역시 그렇지요? 내가 생각해도 그래요."

"중요한 일이십니까?"

"중요하다면 중요한데…… 일단은 큰 그림을 만들었을 뿐이에요. 실제로 실행할지도 확신이 없고요. 가능한지 판단해 보기 위해 심 사무의 생각을 물어본 거니 신경 쓰지 말아요."

아무리 고민해 봐도 마땅한 방법이 없어 답답해 심 사무에게 말했으나 그 역시 마땅한 방법을 가지고 있지는 않았다.

전쟁 중인 나라에서 이미 서로 많은 공작을 하고 있을 것이라 더욱 힘들어 보였다.

"10년 전이라면 전하의 뜻을 이루기 쉬웠을 것입니다. 불과 10여 년 전에만 해도 독일국과 중화민국은 군사력과 무기를 원조해 줄 정도로 긴밀한 협력 관계였는데, 지금은 적국이 되었지요. 국제 관계는 정말 알 수 없는 것 같습니다, 전하."

"아무래도 그럴 수밖에 없지요. 자국의 이익을 위해서라면 원수와도 손을 잡고, 자국의 이익에 반한다면 동맹국의 등 뒤에도 칼을 꽂는 것이 국가 간의 관계니까요."

"그렇습니다, 전하. 언젠가 대한제국이 바로 서고 나면 일본과도 다시 협력 관계가 될지도 모르겠습니다, 전하."

"우리나라에 이익이 된다면 그렇겠지요. 국제 관계는 감정만으로 되는 것이 아니니까요. 먼 미래의 이야기니 지금은 당장 눈앞에 것만 고민하지요."

"그리하겠습니다, 전하."

심재원과 대화하다 보니 문득 떠오르는 생각이 있어 자리에서 일어나려다 다시 앉았다.

그러자 심재원은 나를 궁금한 표정으로 바라봤다.

"10년 전까지 독일과 협력했었다면, 그들과 협력했던 사람들이 아직 남아 있겠죠?"

"그렇습니다, 전하. 단지 세상이 바뀌면서 숙청당하거나 도망자로 전락한 인물들이 많습니다, 전하."

"도망자라면 그들 중에서 아직도 독일과 연락 가능한 인물이 있지 않을까요? 중화민국에는 반역자로 찍혀 있지만, 독일에 이득이 될 만한 정보를 가지고 있다면, 다시 독일로 돌아갈 수 있지 않을까요?"

"……충분히 가능성이 있어 보이는 말씀입니다. 하지만 이 일이 중화민국에 알려지면 위험할 것입니다, 전하."

나도 지금 계획하는 일이 연합국에 알려지면 위험하다는 것은 잘 알고 있었다.

그래도 우리나라의 이익을 위해서라면 가능성을 타진해 보는 것도 나쁘지 않았다.

"우리가 하는 일이 우리 민족을 위한 것이니 이 정도 위험은 감수해야겠지요. 일단 상임통신원 중에서 가장 유능한 사람으로 뽑아 비밀스럽게 일을 진행해 주세요. 실제 실행할지는 아직 미지수지만, 준비는 해 놔야겠죠. 중화민국에 쫓기지만, 독일국과는 아직 인연이 닿아 있는 사람이어야 합니다. 궁지에 몰린 사람이라면 더욱 좋고요."

"알겠습니다, 전하."

대화를 마치고 자리에서 일어났다.

큰 톱니바퀴가 돌아가자 일이 착착 진행되기 시작했다.

선발된 요원들은 미군에서 마련한 특별편으로 미국 본토로 이동했다.

영국으로 떠나는 정진함도 비슷한 시기에 미국으로 떠났다.

"전하, 이것이 이번에 파견된 요원들이 찍은 사진입니다."

심재원이 내 앞에 열한 장의 사진을 내려놨다.

아홉 명씩 나뉘어서 찍은 사진 열 장과 아흔 명의 사람이 모두 모여 찍은 사진 한 장이 놓여 있었다.

그 사진 속에는 힘든 훈련을 받으러 가는 것과는 어울리지 않게 밝게 웃고 있는 젊은 청년들의 모습이 있었다.

"독립된 조국에서 우리의 후손에게 이들이 이 나라를 위해 어떤 일을 했는지 잘 가르쳐야 하니 잘 보관해 주세요."

"알겠습니다, 전하."

"정진함 상임은 잘 떠났는가요?"

"미군의 협조로 정진함 상임통신원도 미군의 비행기로 함께 갔습니다. 미국에서 영국으로 가는 것도 OSS에서 적극 협조해 주기로 했습니다. 또한, 런던에 설치할 사무소와 영국 외교부와의 협상도 적극 지원하겠다는 의사를 전달해 왔습니다, 전하."

"일이 우리의 생각보다 훨씬 좋게 풀리는 것 같아 다행이네요."

"언젠가 독리께서 뜻이 있는 곳에 길이 있다고 하셨습니다. 20년의 암흑기에도 제국익문사가 버틸 수 있었던 것은 요원 각각의 마음속에 대한제국을 생각하는 뜻을 품고 있었기 때문입니다. 그들의 소망에 답하여 그 뜻을 펼칠 수 있게 길을 만들어 주신 것이 전하이십니다. 앞으로 잘 풀릴 것이니, 너무 걱정하지 마십시오, 전하."

"심 사무는 언제나 내 얼굴에 금칠을 하는군요. 다 제국익문사의 공이니 너무 낮추지 마세요."

"아닙니다, 전하."

"미국에서 오는 훈련 부대는 언제 도착한다고 하던가요?"

"중화민국에 미군 부대라 알려 구색을 갖추기 위해 훈련교관과 지원병 한 개 중대가 오다 보니 준비하는 데 시간이 걸려 다음 주 정도에 중경으로 온다고 했습니다. 주둔지는 지금 우리의 훈련소가 있는 곳에서 차로 1시간 정도 떨어진 곳입니다. 요원들이 훈련을 받기 위해 미군의 주둔지로 이동하고 나면 지금의 훈련소는 원래의 용도인 대한인 학교로 유지하고, 마을은 지금과 같이 제국익문사와 광무군의 가족들이 생활할 수 있도록 조치했습니다, 전하."

"수고했어요."

숙소를 사용하던 요원 중에서 일부가 빠져나가니 숙소 전체가 조용해진 느낌이었다.

숙소에서 생활하던 인원 중에서는 열 명의 인원만이 미국으로 갔지만, 다른 중화민국의 지역에서 활동하던 인원들도 차출되고 그들의 빈자리를 메우기 위해 숙소의 인원이 다시 파견을 가다 보니 숙소 전체가 조용해진 느낌이었다.

"식사하는 사람이 확연히 줄어들어 쓸쓸한 느낌입니다, 전하."

점심을 먹기 위해 찾아온 식당에서 최지헌이 내게 말했다.

"앞으로도 많은 인원이 빠져나갈 것이니 더 조용해질 것이네. 물론 때가 되면 최 통신원과 나도 이곳을 떠나야 할 것이고."

내 말에 밥을 먹던 최지헌이 놀란 표정으로 나를 바라봤다.

내가 중경을 떠날 것이라고는 생각하지 않았던 것 같았다.

"왜 그렇게 보나? 언젠가 우리도 경성으로 돌아가야 하지 않겠는가?"

"아……. 그렇습니다. 반드시 돌아가야 합니다, 전하."

앞으로의 일이 어떻게 될지는 모르지만, 굳이 최지헌에게 모든 것을 말하지는 않았다.

언제까지 중경에서만 있을 수는 없었고, 때가 되면 나도 일선으로 뛰어들어야 했다.

"전선에서 활동하던 요원들은 다시 다 배치되었다고 하던가?"

제국익문사 1기 요원 중에서는 광복군, 국민당군과 협력해 일본군에 강제 징집된 대한인에게 공작 활동을 하는 이들이 많았다. 대한인들을 회유해 임시정부로 탈출을 유도했는데, 그들의 성과도 대단한 편이었다.

"중화민국에서도 그들을 임시정부 소속 사람으로 알고 있어서인지 빠르게 보충해 달라고 임시정부로 매일같이 연락이 왔었다고 합니다. 성재께서 너무 힘들어하셔서 사무께서도 최대한 빠르게 재배치했습니다, 전하."

"그들 덕분에 최전방에서 활동하는 대한인은 없다고 하니 다행이지 않나?"

"그렇습니다. 전하의 탁월하신 생각으로 한 활동이 예상치 못한 결과를 가져왔습니다. 최전방 부대에서 탈영병이 계속해서 생기니 일본으로서도 어쩔 수 없는 선택일 것입니다, 전하."

"총알받이가 되는 것은 막았으나, 어차피 사람으로서 대우를 받기는 힘들 것이네. 다른 곳으로 끌려가겠지. 그래서 우리가 더 노력해야 하네."

"말씀 받들겠습니다, 전하."

중화민국과 일본이 전선을 맞대고 있는 곳에서 활동하는 제국익문사 요원들은 양쪽 진영을 오가며 정보를 수집하고, 일본군 진영의 대한인 징집병을 대상으로 회유 활동을 펼치고 있었다.

그들을 따라 탈출해 임시정부로 오는 인원이 꽤 되는 상황이라 일본에서 기존에 총알받이로 배치하던 대한인을 후방으로 돌리고 전방에는 중국에서 징집한 한인과 만주인을 주로 배치했다.

사람의 성향이 다른 것인지 대한인은 회유하게 되면 탈출해 임시정부로 합류해 다시 광복군이 되거나 임시정부에서 일하는 경우가 많았다. 반면 우리의 활동에 감명받은 국민당군이 우리와 같은 방식으로 회유했으나, 중국인의 탈출은 대한인의 1/10도 되지 않았다.

특히 가끔은 회유를 하는 과정에서 전투가 벌어져 일본 군복을 입고 있는 대한인이 일본군 진영에 폭탄을 던져 엄청난 피해를 주는 경우도 있었다.

"지금 전쟁의 상황에 대해 정리한 것이 있나?"

식사를 마치고 사무실로 돌아오는 중에 나를 따라오는 최지헌에게 물었다.

"전황에 대한 서류가 많이 있기는 하나, 따로 전황 전체를 정리한 것은 없는 것으로 알고 있습니다. 사무에게 확인해보고 필요하시다면 작성해 올리겠습니다."

"준비되는 대로 주게."

사무실에 도착하자 최지헌은 내가 지시한 내용을 최선으로 실행했고, 내가 다른 서류를 살펴보는 사이 여러 자료를 정리해 하나로 만든 최지헌이 완성된 전황 보고서를 가지고 왔다.

"전하, 말씀하신 보고서입니다."

"고맙네."

보고서는 중일전쟁 개전 초 힘없이 밀렸던 중화민국에 대한 사항부터 시작했는데, 전쟁이 진행된 지금 만주에 한정되어 있던 전선이 중국 전역으로 넓어지며 중화민국의 공산당군과 국민당군이 많은 인구수를 기반으로 잘 버티고 있다고 되어 있었다.

일본군은 곳곳에서 이루어지는 게릴라전으로 보급에 지장을 받고 있어서인지 처음과 같은 진격은 하지 못한다고 적혀 있었다.

서류에는 중국 전도에 일본군이 장악하고 있는 지역과 중화민국이 장악하고 있는 지역, 중국 공산당이 장악하고 있는 지역이 나눠 그려져 있었다.

일본군은 철도를 기준으로 영향력을 발휘하고 있었고, 중화민국은 중경, 중국 공산당은 화북 지역을 중심으로 영향력을 발휘하고 있었다.

"시안에서는 완전히 격퇴된 것인가?"

"그렇습니다. 그곳에 배치되어 있던 군대가 관동군에서 차출해 대한인의 비율이 높아 우리의 공작이 잘 먹혔습니다. 특히 공방전 중에 일본군으로 위장해 잠입했던 우리 사의 요원이 적 지휘관을 암살한 것이 주효했습니다. 시안에서 공방전을 하던 일본군은 정저우까지 후퇴해 철도를 두고 공방전을 하고 있습니다, 전하.”

내가 탈출했던 지역까지 후퇴했다는 것은 일본군의 상황이 그만큼 안 좋다는 말이었다.

내가 시찰을 갔다는 것 자체가 일본군 입장에서는 그 지역을 완벽히 점령했다는 뜻이었는데, 지금은 그곳에서 공방전을 하고 있다니 일본군의 상황이 나쁘다는 것을 방증하고 있었다.

“다행이네. 이 부분에 대해서는 우리가 했다는 것을 중화민국에서도 알고 있나?”

암살 작전은 엄연한 군사작전이라 엄격히 따지면 국민당군의 명령을 받아 실행해야 하는 부분이라 물었다.

“우리 사가 임시정부 소속으로 했다고 알고 있습니다. 그들도 광복군의 정규전이 아닌 임시정부의 특수작전에 대해서는 자율성을 인정해 우리 사가 임시정부 소속으로 작전했다고 알고 있는 것입니다, 전하.”

“심 사무, 임시정부에서는 우리가 실행한 작전에 대해서 모두 알고 있나요?”

자신의 자리에서 업무를 보던 심재원에게 물었다.

그러자 최지헌이 한 발짝 옆으로 비켜나 심재원과 내가 눈을 마주칠 수 있게 해 주었다.

"성재를 통해 성공한 작전에 대해서만 통보해 주고 있습니다, 전하."

"앞으로는 작전할 때에 실행이 임박하면 김구 주석에게 통보해 주세요. 중화민국에서 임시정부 소속으로 알고 있다면 김구 주석이라도 알고 있어야 말이 꼬이지 않을 테니까요. 극비 사항을 제외하곤 실패와 성공에 상관없이 알려 주세요. 우리가 이 정도 노력하고 있음을 알리고, 임시정부 내에 김구 주석을 지지하는 사람들과 신뢰 관계를 형성하는 데 도움이 될 것이에요."

"알겠습니다. 임시정부에 통보하기 전 전하께 먼저 보고서를 올리도록 하겠습니다, 전하."

"내 부재 시에는 심 사무가 판단해서 실행하세요."

"알겠습니다, 전하."

심재원은 대답하고 나서 자리에서 일어나 내게 다가와 보고서 하나를 내려놓았다.

"전하께서 지시하셨던 일에 대한 보고서입니다. 지금까지는 증거가 없었으나 이번에 중화민국군과 광복군이 함께 싸워 일본군을 정저우로 격퇴할 때에 우리 사의 요원이 잠입하여 모은 자료와 탈출시킨 사람들에게 얻은 자료로 물증을 확보하였습니다, 전하."

경성에 있을 때 제국익문사를 통해 민족 반역자에 관한 조사를 지시할 때에 근로 정신대와 일본군 '위안부' 그리고 731

부대와 이시이 시로에 대한 조사도 함께 하도록 했었다.

그동안 민족 반역자와 근로 정신대에 대한 피해는 간간이 증거 자료를 확보해 보고했는데, 731부대와 일본군 위안부에 대한 것은 물증이 없어 증거 확보를 위해서 노력하고 있었다.

특히 731부대는 일본군 내에서도 비밀로 분류되는 것이라 확인을 위해 만주로 잠입했던 요원 두 명이 실종되어 물증 확보에 어려움을 겪고 있었다.

"위안부에 대한 것인가요?"

"그렇습니다. 이번에 일본군은 예상치 못한 우리 사의 암살로 지휘 공백이 생겼고, 그래서 후퇴하며 자료를 제대로 파기하지 못했습니다. 그곳에서 많은 자료와 실제 피해 받고 있던 사람들을 구출했습니다, 전하."

그가 건넨 서류에는 읽는 것만으로도 분노를 느끼게 하는 글이 쓰여 있었다.

그곳에서 구출된 사람 중에는 대한인뿐 아니라 중국인도 있었다.

"이들은 어디에 있습니까?"

"중국인은 국민당에 인계되어 고향으로 돌아가거나 중경에서 정착한 것으로 알고 있습니다. 대한인은 광복군에 인계해 임시정부에서 보호하고 있습니다. 그런데 임시정부도 넉넉한 형편이 아니라 어떻게 해야 할지 고민하고 있다고 들었습니다, 전하."

어떻게 해야 하는지라…….

자국민을 구출했지만, 그들을 고향으로 돌려보낼 수 없다는 게 너무나도 슬프게 만들었다.

"그들도 대한인인데 수용하지 않는 것인가요?"

"임시정부에서도 수용을 하고 싶어 하나 현실적인 어려움이 있어 고민하고 있습니다, 전하."

"최 통신원, 임시정부로 갈 것이니 차를 준비하게."

내 말에 최지헌은 사무실을 나갔고, 심재원이 내 생각을 알아챘는지 내게 말했다.

"전하께서 수용하실 것입니까?"

"그럴 생각입니다. 그들도 대한인이니 수용해야지요."

"앞으로 전쟁을 지속하면 얼마나 많은 사람이 나올지 알 수 없습니다. 그들을 모두 수용하기에는…… 우리 사의 자금력으로는 현실적으로 불가능합니다. 감정적으로 대응할 문제가 아닙니다, 전하."

심재원이 걱정하는 부분이 무엇인지 잘 알고 있었으나, 그의 대답을 들으니 내 마음속에서 묘한 감정이 일어났다.

"이봐, 심재원 사무, 그들도 우리와 같은 대한인이야. 그깟 돈 때문에 그들을 수용하지 않는다는 게 맞는 것인가?"

평소 심재원에게는 절대 반말을 하지 않고 그를 존중했는데, 그의 대답 때문이었는지 내 입에서 가시 돋친 말이 튀어

나왔다.

내 말에 여러 요원이 업무를 보고 있던 사무실 전체 분위기가 시베리아 벌판처럼 얼어붙었다.

"죄송합니다. 실언했습니다, 전하."

심재원은 내가 왜 분노하는지 알고 있었고, 자신이 무엇을 잘못했는지도 잘 알고 있는 표정으로 내게 대답했다.

"심 사무가 고생한다는 것은 잘 알고 있어요. 돈이 모자란다면 우리가 조금씩 아껴서 사용해 그들을 수용할 방법을 생각해야지요. 지금 당장 수만 명을 수용하거나 하는 문제는 아니니, 앞으로 모두 함께 고민해 방법을 찾아봅시다. 우리가 하는 일은 우리 민족을 위한 일이지 나와 황실만을 위한 일이 아니에요. 대의를 잊지 말아 주세요."

"알겠습니다, 전하."

"지금 미군에게 훈련받기 위해 미군 주둔지로 사람들이 빠져나간 우리 훈련소에서 수용이 가능하니, 이번에 구출한 사람들은 그곳에서 생활할 수 있도록 데려오겠어요. 그러니 제국익문사도 그에 맞춰서 준비하세요."

"지시대로 준비하겠습니다, 전하."

"심 사무에게 화를 낸 것은 미안해요."

평생을 황실을 위해 일했고, 지금도 나이가 든 몸으로 이역만리인 이곳 중경에서 제국익문사를 위해 일하는 심재원에게 항상 미안한 감정이 있었다. 그래서 순간적으로 화는 냈지만 금방 누그러진 목소리로 심재원에게 사과했다.

"아닙니다. 제가 실언했습니다. 죄송합니다, 전하."

"불가항력적인 것도 아니고 우리가 할 수 있는 일인데 더 나빠질 상황을 생각해 하지 않는 것은 아니라고 생각해요. 그러니 심 사무도 내 뜻에 따라 주세요. 그리고 앞으로 훈련소 주변에 더 많은 인원을 수용할 방안을 수립하세요."

"알겠습니다, 전하."

심재원에게 말하고 나서 밖으로 나오니 최지헌이 차를 준비하고 기다리고 있었다.

"시월아, 너는 여기 있어라."

내가 1층으로 내려오는 것을 보고 따라오려던 시월이에게 말하고 밖으로 나갔다.

5장

차에는 내 경호를 위해 최지헌 말고, 다른 통신원 한 명도 운전석에 타 있었다.

“임시정부로 가죠.”

“알겠습니다, 전하.”

내 말에 최지헌은 차를 바로 출발시켰다.

중화민국이 다시 시안을 탈환해서인지 시안에서 피난 와 거리에서 생활하던 피난민이 줄어들어 있었다.

최지헌은 내가 평소와는 전혀 다른 분위기여서인지 평소와 달리 아무런 말도 없이 조용하게 운전만 했다.

중경 시내를 빠르게 지나쳐 얼마 지나지 않아 임시정부에 도착했다.

미리 연락하지 않고 와서인지 평소 임시정부로 오면 나와 있던 성재나, 경위대장, 비서장 같은 사람이 나와 있지는 않았다.

내가 차에서 내리자 차를 지켜야 하는 운전사는 자리를 지켰고, 최지헌만 나를 뒤따라왔다.

골목으로 접어들자 뒤돌아 최지헌을 바라보면서 말했다.

"지금 그들은 어디에 있나?"

두서없는 내 말이었지만, 최지헌은 피난민에 관해 물어본 것을 바로 알아듣고 대답했다.

"광복군의 주둔지 근처에 있는 것으로 알고 있습니다, 전하."

광복군 주둔지는 나도 가 본 적 있는 곳으로, 광복군과 그들을 돕는 국민당군의 주둔지를 제외하고 그 주위에는 민가조차 없는 허허벌판이었다.

이제 막 일본으로부터 구출된 그들이 어떤 대우를 받고 있는지는 보지 않아도 충분히 느껴졌다.

"왜?"

"그들을 임시정부에서 수용하기에는 현실적으로 불가능하고, 그들을 대한제국으로 돌려보낼 수도 없어서 고민하는 것으로 알고 있습니다. 중화민국에서도 이대로 중경에 머물게 하면 부랑자가 될 수도 있어 우려하는 상황입니다. 이들에 대한 지원까지는 불가능하다는 게 중화민국의 공식 입장이라 임시정부에서도 그들을 끌어안아야 한다는 쪽과 모두를 끌어안을 수 없다는 쪽이 나뉘어서 논쟁이 오가고 있습니다. 특히 그들이 모두 일본군에 징집되었던 청년이라면 모두 받아들여 광복군이 되거나 임시정부에서 일하는 청년들이 됐겠지만, 이번에 구출한 인원 중 많은 인원이 어린 여성들이라 임시정부에서도 논쟁이 오가는 것으로 알고 있습니다, 전하."

임시정부로 들어가는 골목길에 서서 이런 말을 듣는 것은 다른 사람에게 알려질 위험이 있었지만, 나도 최지헌도 그것은 고려하지 않고 있었다.

최지헌이 대답하는 내용은 아마 심재원이었다면 곧이곧대로 내게 말하지는 않았을 것들이었다.

"담배가 있나?"

이우 공의 몸으로는 한 번도 피운 적이 없는 담배가 생각나 최지헌에게 물었다.

최지헌은 내가 담배를 피우지 않는 걸 잘 알고 있었지만, 별다른 말 없이 내게 담배를 꺼내 주었다.

필터도 없는 궐련이었지만 개의치 않고 입이 물었다.

그러자 최지헌은 성냥에 불을 붙여서 내 쪽으로 내밀었다.

불에 대고 숨을 빨아들이니 마른 담뱃잎이 입에 묻으며 담배 연기가 가슴 속으로 들어왔다.

"쿨럭, 쿨럭."

첫 숨에 기침이 튀어나왔으나 계속 참고 한 모금 두 모금 빨아드리자 머릿속이 핑 도는 느낌이 들었다.

그리고 복잡하게 꼬여 있던 머릿속이 담배 연기와 함께 조금씩 정리가 되는 느낌이 들었다.

"지금 그들에 대한 대우는 어떤가?"

"임시정부에서 한 일이라고는…… 강제 징집된 한인에 대해서는 포로가 되지 않게 막았을 뿐, 광복군 주둔지는 엄연히 중화민국군의 땅이라 그 근처의 공터에 천막을 쳐 임시 보호소를 만들어 잠시 수용하고 있습니다. 자금이 넉넉지 않은 임시정부로서는 중화민국의 도움 없이는 그들에게 죽지 않을 만큼의 음식만 제공하는 게 고작입니다, 전하."

"최 통신원, 권총을 가지고 있나?"

다 피운 담배를 발로 밟아서 끄고, 최지헌에게 말했다.

"그렇습니다, 전하."

"내게 주게."

내 말에 최지헌은 잠시 망설이다 내 분위기가 무시무시해서인지 별다른 토를 달지 않고, 자신의 품속에서 권총 한 자루를 꺼내 내게 주었다.

받은 총을 장전하며 탄을 확인하고, 내 품속으로 넣었다.

골목을 지나 임시정부로 다가가자 임시정부의 입구를 지키는 경위대원 두 명이 나를 발견하고 나를 제지했다.

"이곳은 대한민국 임시정부입니다. 무슨 일로 방문하셨습니까?"

내 분위기가 심상치 않다고 생각한 것인지, 자신들의 어깨에 걸쳐 있는 총을 쥐는 손에 힘을 주며 말했다.

"제국익문사에서 왔습니다."

내 뒤에 있던 최지헌이 앞으로 나와 경위대원들에게 말했다.

"어떤 용무로 찾아오셨습니까? 말씀해 주시면 안내하겠습니다."

최지헌은 내가 이곳으로 가자고 해서 온 것이지 내가 어떤 용무를 가졌는지는 몰랐다. 그래서 잠시 나의 눈치를 보다 경위대원에게 말했다.

"재무부장이신 성재 이시영 국무위원을 만나 뵙기……."

"아니, 나는 주석을 만나러 왔네. 주석실로 안내하게."

"죄송하지만, 주석께서는 아무나 만날 수 있는 분이 아닙니다. 선약하시고 오셔야 합니다."

"제국익문사에서 중요한 분입니다. 주석께 보고하시면……."

우리를 막아서는 경위대와 내 분위기가 심상치 않은 것을 느낀 최지헌이 서로의 뜻을 이루기 위해 말을 하는 사이에 목소리가 조금 커졌고, 이 소란으로 인해 나를 알고 있는 사람이 정문으로 다가왔다.

"무슨 일인가?"

"경, 경위대장님! 제국익문사에서 찾아오셨는데 주석님과 선약이 되지 않은 상태에서 찾아오셔서 주석을 만나 뵙겠다고 해 막고 있었습니다."

"내가 안내할 것이니 너희들은 근무해라. 제가 안내하겠습니다."

경위대장이 나를 알아보고 정중하게 안내를 했다.

경위대장의 말이어서인지 경위대원도 더는 나를 막지 않았고, 정문을 통과해 건물로 들어갔다.

"연락을 주셨으면 제가 모시러 나가 번거롭지 않게 해 드렸을 것인데……. 그들도 제 일을 하는 것이니 너무 나쁘게 생각하지 말아 주십시오."

나는 한성규 경위대장의 말에 대답하고 싶은 기분이 아니어서 아무런 대답도 하지 않았다.

"……아닙니다. 우리 쪽에서 급하게 오느라 연락을 못 한 것입니다."

내 분위기가 심상치 않았지만, 경위대장의 말에 아무런 대답도 하지 않으면 안 된다고 생각한 최지헌이 나를 대신해 대답했다.

경위대장도 내가 풍기는 분위기가 심상치 않다고 느낀 것인지 주석실에 도착할 때까지 별다른 말이 없이 조용히 안내했다.

"지금 주석께서는 회의실에서 국무위원들과 회의를 하고

있습니다. 이곳에서 잠시 기다리시면 나오실 것입니다."

한성규는 주석실 입구에 있는 의자를 가리키며 내게 말하고는 회의실로 보이는 방문의 입구를 지키는 두 명의 경위대원 중 한 명에게 귓속말을 했고, 그가 바로 회의실 안으로 들어갔다.

얼마 지나지 않아 회의실에서 김구 주석과 성재, 비서장 차리석이 함께 나왔다.

"그간 평안하셨습니까, 전하? 미리 연락을 주셨으면 기다리시지 않았어도 됐을 텐데 어찌 이렇게 급히 오셨습니까?"

세 사람 중에서 김구가 대표로 인사해 왔다.

"연락도 없이 와서 미안하지만, 지금 잠시 대화할 수 있나요?"

"제 방으로 안내하겠습니다."

딱히 단둘이 대화하자고 하지 않아서인지 김구 주석실로 나와 김구가 들어가자 우리 뒤로 최지헌과 한성규가 따라 들어왔다.

주석실에 있는 탁자에서 김구 주석과 내가 마주 앉았다.

"무슨 일로 이리 급하게 오셨습니까?"

"이번에 구출한 사람들의 거취를 고민하고 있다 들었는데 맞나요?"

"그들 전부를 임시정부에서 수용하기에는 현실적으로 불가능해 지금 국무회의에서 그들을 어떻게 해야 할지 회의하고 있었습니다."

처음 나를 보고는 조금 편안하게 말을 꺼내던 김구 주석이 내 말투가 심상치 않다고 느낀 것인지 내 질문에 답하는 목소리가 조심스러워졌다.

"내 질문의 대답에 따라 이 총의 역할이 달라질 것입니다."

내 품속에서 최지헌에게 받은 장전된 권총을 나와 김구 주석의 사이에 있는 탁자 위에 올려놓으며 말했다.

"총 내려놓으십시오!"

"총 내려! 어딜 겨눠!"

내 품속에서 갑작스럽게 총이 튀어나오자 김구 주석 뒤에서 있던 경위대장 한성규가 황급히 소리치며 권총을 꺼내 들었고, 그가 권총을 꺼내자 내 뒤에 있던 최지헌도 소리치며 권총을 꺼내는 소리가 들렸다.

그리고 이런 소란에 문밖에 있던 경위대원들까지 방 안으로 뛰어 들어와 내게 총을 겨눴다.

문을 등지고 있어 보이지는 않았으나 발소리가 많았던 것으로 유추해 경위대원뿐 아니라 방 밖에 있던 차리석과 성재도 방 안으로 들어온 것 같았다.

"갑작스럽게 이러시는 이유를 모르겠습니다."

김구 주석은 탁자 위의 총과 최지헌의 총구가 자신을 가리키자 놀란 목소리로 내게 말했다.

"이곳이 무슨 일을 하는 곳인가요?"

나를 겨누고 있는 한성규와 경위대원의 총구에 나도 조금 떨리기는 했으나 최대한 담담한 목소리로 질문했다.

내 뜬금없는 질문에 김구 주석은 당황스러운 표정이 되었다가 잠시 시간을 두고 대답했다.

"대한민국 임시정부이지요. 대한인의 뜻이 모여 만들어졌고, 대한인을 대표해, 대한인을 위해 일을 하는 곳입니다. 전하께서 이곳이 무슨 일을 하는 곳인지 모르셔서 질문하시는 것 같지는 않고, 질문의 진의를 알지 못하겠습니다."

"이번에 구출한 사람의 거취에 대해서 고민하고 있다고 들었는데 맞나요?"

"그렇습니다."

내 말에 김구 주석은 고개를 살짝 끄덕이며 대답했다.

"그따위 고민을 한다는 것 자체가 말이 된다고 생각하나요? 대한인을 위해 일하는 곳이 일제에 피해를 받은 대한인을 빠르게 수용하고 그들을 위로하지는 못할망정 그들의 거취에 대해서 논의하다니요!"

"그들을 보호는 하고 있습니다. 단지 그들 모두를 수용하기에는 지금 임시정부의 사정으로는 불가능하단 말입니다. 저 역시 그들을 수용하고 싶은 마음이나 현실적으로 불가능합니다."

내가 배운, 내가 알고 있는 김구 주석은 머리는 냉정하지만 가슴은 뜨거운 남자였다.

하지만 지금 그의 태도를 보니 머리가 가슴을 이미 지배해 버린 것이 아닐까 하는 의심까지 들게 했다.

"대한민국이지 않습니까? 민국民國! 국민을 위한 나라라고 말하는 곳에서 수용할지 말지를 고민하다니요! 국민을 위해 독립한다는 것은 그냥 허울 좋은 말뿐이었습니까?"

"아닙니다."

"주석이라면! 내가 알고 있는 당신이라면! 대한민국 국민의 존경을 한 몸에 받는 인물인 주석이라면! 그들의 상처부터 봤어야죠! 그들을 어떻게 할 것이 아니라, 그들을 짐처럼 여길 것이 아니라! 여기서 국무위원이니 주석이니 말하며 정부놀이 따위나 하는 것이 아니라!"

"저희는 놀이 따위를 하는 것이 아닙니다!"

내 외침에 대한 대답은 김구 주석이 아닌 내 등 뒤에서 들리는 차리석의 외침이었다.

"가만히 있게, 차리석 비서장."

김구 주석이 그를 제지했지만, 이미 말을 내뱉은 상황이었고 나는 시선을 그에게 옮겼다.

"놀이가 아니라……. 그럼 너는 이따위 임시정부가 무엇 때문에 만들어지고 유지된다고 생각하나?"

60대의 차리석이었으나 나는 개의치 않고 그에게 반말로 말했다.

"이따위라뇨, 말씀이 심하십니다. 우리 임시정부도 그들을 최대한 수용하기 위해 노력하고 있습니다! 그렇지만 그들을 모두 품기에는 불가능합니다."

김구 주석이 차리석을 제지하려고 했지만 그는 이미 내게 자신이 하고 싶은 말을 모두 다 했고, 나는 책상 위에 놓여 있던 권총을 집어 들고 자리에서 일어났다.

내가 권총을 손에 쥔 상태로 일어나서인지 한성규와 문 쪽에서 나를 겨누고 있던 경위대원의 손에 힘이 들어가는 게 보였다.

그런 그들을 무시하면서 차리석에게 말했다.

"알량한 이 건물에, 그것도 자립할 힘도 없는 정부? 아니, 국민을 버렸으니 정부가 아닌가? 아무튼, 정부라고 주장하는 이곳에서는 국민을 버리는 게 독립운동이고 국민을 위한 일인가? 그따위 독립운동이라면 하지 않는 것이 이 나라를 위한 일이다."

"버린 적은 없습니다."

"이제 막 일제의 손아귀에서 겨우 벗어난 그들을 허허벌판에 두는 게 버리는 것이 아니고 무엇인가? 왜, 군인으로 써먹을 수 있는 남자들이 아니고 어린 여자애들이라 전력에 도움이 되지 않으니 그곳에 버려둔 것인가?"

"그런 것이 아닙니다. 단지 우리는 그들과 임시정부가 서로 피해를 주지 않으면서 함께 살아갈 방법을 찾고 있을 뿐입니다."

결국 차리석이 하는 건 정치가로서의 말이었다.

그들을 무조건 수용했을 때 입게 될 임시정부의 피해를 감당하지 못할 것이니 그들에 대한 수용을 적당히 해야 한다는 것으로밖에 들리지 않았다.

"임시정부에 피해가 되면 그들을 버리겠다는 뜻이냐?"

"버리다니요! 나도 이 대한민국을 위해 희생하는 부분이 많은 사람입니다. 대한민국을 위해서라면 나는 나 자신도 희생할 생각이 있습니다! 대의는 대한민국이라는 것입니다. 만주 벌판에서 죽어 간 젊은 청년도, 또 기미년에 있었던 만세운동에서 일제의 총칼에 쓰러져 간 이름 모를 학생들도! 그들이 죽어 간 것은 저 일본 제국이나 중화민국, 미국, 소련이 아닌 대한민국이 한반도의 주인이 되어야 한다는, 대한민국을 위한 대의 때문이었습니다. 그들의 대의를 망쳐 가면서까지 이들을 수용할 수는 없다는 것입니다!"

이곳으로 오면서 국무위원 사이에서 논쟁이 오간다고 들었다. 어떤 미친놈이 반대하는지 궁금했는데, 내 눈앞에 있는 이 새끼가 전부인지는 모르겠으나 분명 반대하는 입장에 있는 놈이었다.

나는 내 손에 들려 있던 총구를 그를 향하며 말했다.

"국가는! 국민이 있기에 국가가 있는 것이다! 여기 있는 주석이 국가의 주인도 아니고, 저 회의실에서 처박혀 회의하는 국무위원이 국가의 주인도 아니다! 국민이 있어야지만 국가 있는 것인데, 어찌 너는 그 국가의 주인들을 돈이 모자란다는 이유로 버리는 것이냐! 국민을 섬기지 않는 임시정부라면 나는 이 자리에서 너와 모든 국무위원 그리고 저 김구 주석까지 다 쏴 버릴 것이다. 나는 그렇게 하는 것이 차라리 국가를 위한 일이라고 생각한다."

내 외침에 방 안에 있던 모든 사람은 숨소리조차 들리지 않을 정도로 조용해졌다.

잠시간의 정적을 뚫고, 발소리 하나가 크게 들렸다.

"차리석 비서장도 수용하지 못함을 답답해했습니다. 그가 잠시 흥분한 상태라 말이 너무 두서없이 나온 점은 너그러운 마음으로 이해해 주십시오. 지금 임시정부의 입장이 그렇습니다. 임시정부가 그들을 지금 당장 잠시만 수용하는 것은 가능하지만, 그들을 지속해서 수용하기 위해선 많은 것을 감수해야 합니다. 그래서 국무위원과 의정원을 소집해 회의할 수밖에 없었습니다. 전하께서 답답해하시는 부분이 무엇인지는 잘 알고 있으나, 임시정부도 우리 국민을 버리겠다는 것이 아니라 지속할 수 있는 방식으로 그들을 수용할 대책을 마련하기 위해 회의하고 있었습니다."

차리석 비서장의 머리에 총을 겨누고 있는 내게 김구 주석이 말하면서 다가왔다. 그러고는 조심히 내 팔을 잡아 아래로 내려 총구가 바닥을 향하게 하였다.

이어 나를 겨누고 있던 총을 내리게 하고, 나를 제외한 다른 사람들에게 밖으로 나가도록 손짓으로 지시했다.

"일단 자리에 앉으시지요."

김구 주석의 말을 듣는데 눈에서 피로가 몰려왔다.

나도 모르는 사이에 눈에 힘이 많이 들어갔고, 눈에 눈물이 맺혀 있었던 것 같았다.

처음에는 이 정도로 흥분하리라고는 생각지 않았고, 이곳으로 와서 조금 강경한 방법이지만 임시정부의 태도를 분명히 확인하고 싶었다.

그런데 차리석 비서장의 말에서 참아 두었던 둑이 무너진 느낌이었다.

김구 주석의 차분한 말이 내 마음을 바닥까지 가라앉히는 느낌이 들었다.

다른 인물들은 모두 밖으로 나갔으나, 최지헌만은 움직이지 않고 자리를 지키고 있었다.

김구 주석이 그를 잠시 바라봤으나, 그는 움직일 생각이 없는 것처럼 느껴졌다.

"주석과 대화할 테니 잠시 나가 있게나. 이것도 들고 나가고."

나 혼자 다 흥분하고 다시 나 혼자 차분해지는 것이라 조금은 민망했으나, 내 손에 들려 있던 권총을 최지헌에게 건네주면서 말했다.

"명 받들겠습니다, 전하."

최지헌까지 나가고 문이 닫히자 주석실에는 나와 김구 주석만이 남았다.

최지헌이 나갈 때 김구 주석이 보이지 않는 각도에서 눈에 있는 물기를 지워 버리고 자리에 앉았다.

그러자 김구 주석은 지난번 대담 때와 같이 다기에 차를 두 잔 타서 탁자 위에 올려놓았다.

"전하께서는 동학 농민 혁명東學農民革命에 처음 참가했던 저를 떠오르게 하십니다. 저도 그 당시에는 패기와 분노로 세상을 바라봤습니다. 거의 반백 년이 지나고 강산이 다섯 번 바뀌니 패기와 분노로 가득 찼던 젊은 청년이 이제는 나이 든 노인이 되었습니다. 전하의 뜻을 이해 못 하는 것은 아니나 임시정부의 현실도 바라봐 주셨으면 좋겠습니다."

김구 주석은 차분한 목소리로 나를 설득하기 위해 말했다.

"나는 젊은 사람의 혈기로 이런 일을 한 것이 아닙니다. 주석이 무슨 말을 하는지 내가 모를 것 같나요? 주석이 봤을 때 망국의 황족이란 것이 어떻게 느껴질지는 모르겠으나, 황족은 남의 나라에서이겠지만 나라를 운영하는 방법을 이곳저곳에서 보기 때문에 많이 알게 됩니다. 솔직히 지금의 임시정부는 나라를 운영한다기보다는 일본에 대항하는 역할에 치중하고 있으니, 국정 운영에서는 내가 더 전문가일 수도 있겠군요. 그래서 지금 임시정부가 어떻게 해야 하는지 가장 잘 알고 있을지도 모르겠어요."

어떻게 생각하면 임시정부를 무시하는 말일 수도 있었는데, 김구 주석은 별다른 말 없이 차분하게 내 말을 듣고 있었다.

나는 그런 주석을 보면서 이어서 말했다.

"임시정부가 가장 간과하고 있는 점은 지금 한반도 안에 남아 있는 대한인들이 모두 임시정부를 지지하고 있다고 생각하는 것입니다. '대한인이라면 임시정부를 지지해 주겠지.'라는 생각으로 움직이고 있는데, 그것은 허상일 뿐입니다. 당장 이 중국에만 해도 크게는 임시정부와 조선독립동맹으로 나뉘어 있고, 그 외에도 전 세계적으로 작은 숫자의 독립정부까지 합치면 손으로 셀 수도 없을 정도로 많습니다. 그리고 임시정부가 중경에서는 정부 역할을 하는지 모르겠으나 한반도, 즉 옛 대한제국의 영토 내에서는 정부로서 하는 역할이 아무것도 없지 않습니까? 그렇다고 그곳에 연락망을 가지고 사람을 규합하고 있는 것도 아니지요. 차라리 임시정부가 처음 세워지던 기미년(1919년)에는 대중적 지지가 있었는지 모르나 그 이후로는 점점 퇴색되어 이제는 독립운동가들을 제외한 대다수의 대중은 임시정부의 존재 자체를 잊은 상태입니다. 과장인 것 같나요?"

잔인한 이야기였지만 나는 내가 생각하는 사실을 김구 주석에게 말했다.

임시정부는 지금 한반도 내에서 존재감 자체가 거의 없는 상태였다.

안창호와 안중근, 이봉창 같은 수많은 의사와 열사, 지사들의 노력에도 불구하고, 뜻에는 공감하지만 임시정부를 진짜 한반도의 정부라고 생각하는 사람은 소수였다.

독립에는 한마음 한뜻으로 동의하지만, 임시정부를 주축으로 하는 독립에 대해서는 의문부호를 붙이는 사람이 많았다.

"과장은 아니시지만, 그래도 대한민국만이 한반도에서 정통성을 가진 정부입니다. 그 부분에 대해서 대중들도 모르지 않습니다, 전하."

"정통성이라는 것은 결국 승리한 사람의 역사입니다. 그리고 정통성을 내 앞에서 말하면 안 되지요. 그렇게 따지고 들어가면 나는 대한제국의 후계자입니다. 융희제 선황 폐하께 직접 국새를 건네받았고, 후계자로서 승계까지 했습니다. 그러니 제국익문사가 나를 돕고 있는 것이고요. 김구 주석께서도 어느 정도 짐작했겠지만, 제국익문사는 평범한 정치단체가 아닌 대한제국에서 비밀 감찰과 정보 수집, 암살, 특수작전을 하는 군인 집단입니다. 겉으로야 관보를 발행하던 곳이었지만, 이것은 광무제 선황 폐하께서 서구 열강과 일본에 맞서기 위해 만들었던 곳입니다. 저만큼 한반도에 대한 정통성을 가진 사람이 있을까요?"

"그래서 저도 대한민국을 입헌군주제로 개헌했습니다. 하지만 황족과 대한제국을 인정하는 것과 정부를 운영하는 것은 다릅니다. 많은 현실이 있고 산적한 문제들이 있습니다. 또한, 정당한 절차가 있습니다. 그러므로 우리는 그들에 관한 일에 대해서 국무위원들과 의정원 의원들이 모여서 회의하는 것입니다."

"주석은 내가 하고 싶은 말을 잘못 알아들은 것 같군요. 물론 내가 임시정부를 찾아온 것은 한반도 안에서 임시정부가 제대로 된 정부가 될 수 있을 것으로 생각해서입니다."

"전하의 말씀은 조금 전 말씀하셨던 정통성에는 정면으로 배치되는 말씀이십니다."

"아니, 하나의 뜻입니다. 임시정부의 정통성을 훼손하거나 부정하는 것은 아니나, 지금 임시정부의 태도가 잘못됐다는 것입니다. 이번에 구출한 대한인들에 대한 의제 자체가 잘못되었다는 것입니다. 구출한 사람들의 거취에 대해 논의할 것이 아니라, 그들을 받아들인 후 그들을 어떻게 위로하고 이곳에서 살아갈 수 있게 해 주냐는 것을 생각해야지요."

나는 지금 임시정부가 견지하는 자세가 잘못되었다고 지적했다.

"지금 하는 회의에서 그 모든 것을 포함해 논의하고 있습니다."

"그 회의 내용 중에는 그들을 지원하지 않고 방치하겠다는 것도 포함되어 있으니 문제라는 겁니다. 아까도 말했지만, 정부가 존재하는 이유는 국민을 보호하고 그들의 안녕을 추구하기 위해서입니다. 그런데 일부이지만 그런 국민을 방치할 생각을 하다니요. 이 부분은 김구 주석이 주도적으로 나서서라도 막아야 했던 부분입니다. 그래야지만, 이 임시정부가 무엇보다 자국민을 가장 중요하게 생각한다고 알아야지만 지지를 보내 줄 것이 아닙니까? 중화민국과 협력해 광복군을 만들고, 일본에 전쟁을 선포하고, 일본군의 고위직을 처단하는 것은 그 이후의 문제입니다. 자국의 국민이 이곳에 왔는데, 그들을 보호하지는 못할망정 허허벌판에 방치하고 회의 따위나 하고 있다니요. 이런 부분은 주석이 직접 나서서 막았어야 하는 것입니다. 임시정부는 가장 큰 대의를 잊었으니, 내가 분노해 이곳으로 온 것입니다."

"전하, 계속 똑같은 말을 하는 것 같지만, 현실적 어려움이 있습니다. 그들을 받아들이기 위해서 돈을 쓰게 되면, 여유가 있는 곳은 광복군이 사용할 돈뿐이니 그곳에서 줄여야 합니다. 그렇게 되면 광복군의 활동을 바탕으로 연합국의 지위를 보장받으려 했던 임시정부의 기본적인 방침이 어긋나게 됩니다."

"그 현실적인 어려움이라는 것을 해결할 생각도 안 해 봤었지요. 나를 군주로 추대한다는 임시정부의 뜻은 말뿐이었습니까? 이런 문제가 있다면 가장 먼저 내게 도움을 청해야지요. 설마 내가 건네준 돈이 내가 가진 전부라고 생각한 것은 아니겠지요? 내 말은 그들을 받아들이는 것은 당연히 해야 하는 일로 정해 놓고 그 이후에 방안을 찾아야 했다는 겁니다."

내 말에 주석실은 한참 동안 찻물을 마시는 소리만 들렸다.

"……하면 전하께서는 답이 있으시다는 것입니까?"

"일단 그들은 우리가 받아들이겠어요. 김구 주석도 알고 있겠지만, 제국익문사에서 운영하는 학교가 있고 그 근처에는 많은 제국익문사의 식솔이 마을을 이루며 살아가고 있어요. 넓지는 않지만, 농사도 짓고 있어서 어느 정도는 자급자족하고 있지요. 또한, 앞으로 많은 사람이 상의해 더 많은 사람을 일제의 손아귀에서 구해 냈을 때에 어떻게 그들을 받아들일 것인지에 대한 해답을 찾아 나가야겠지요."

"……."

내가 분노했던 것과는 다르게 마땅한 해답을 던져 주지 않아서인지 김구 주석은 아무런 말이 없었다.

내가 전지전능한 신도 아니고 그 잠깐 사이에 해답을 가지고 왔을 리는 없다. 내가 분노한 부분은 임시정부가 해답을 가지고 있지 못한 것이 아니라, 임시정부의 입장에 대한 것이었다.

"나 역시 해답을 가지고 있지 못해요. 다만 내가 분노한 부분은 임시정부의 입장이었어요. 국민은 국가에서 첫째로 보호해야 합니다. 그 부분에서 내가 분노한 것이었어요. 그리고 내가 믿고 있는 것은, 한 사람의 생각이 아닌 여러 사람의 생각이 모이면 분명 답을 찾을 수 있다는 것이에요."

"이렇게 누군가에게 혼나 본 것이 몇 년 만인지도 모르겠군요. 제가 생각하지 못했던 부분에 대해서 지적해 주셔서 감사합니다. 앞으로는 국민을 최우선으로 생각하며 임시정부를 운영하겠습니다, 전하."

나는 분노하면서도 김구 주석을 비롯한 임시정부의 국무위원들과 틀어질 수도 있다고 생각했었다.

그렇게 되면 임시정부 자체를 해체시켜 버릴 생각까지 했다. 후에 내가 직접 전면으로 나서 대한제국이 건재함을 알려서 새로운 정부를 만들 생각이었다.

물론 극단적인 생각이지만 완전히 불가능한 생각도 아니었다. 국민을 최우선으로 생각하지 않고 자신들의 신념만 관철하는 데 빠져 있는 정부라면, 없어지는 게 더 나을 것으로 생각해서였다.

하지만 김구 주석은 대화 끝에 마치 내게 백기 투항을 하듯이 말하면서 내 뜻을 존중하겠다는 표현을 해 왔다.

"김구 주석께서 어떤 길을 걸어왔는지는 잘 알고 있어요. 앞으로 독립된 국가에서 주석이 가장 존경받는 인물이 되었으면 하는 마음에서 말한 것이고, 내 감정이 조금 격해져서 심하게 말한 부분도 있으니 이해해 주세요."

김구 주석이 부드럽게 대답해 오는 지금 내가 더 화내거나 심한 말을 하는 것은 나 자신을 깎아내리는 일이라 더 이상의 논쟁은 멈추고 말했다.

"앞으로의 임시정부는 국민을 위한 정부라는 것을 기본 기치로 세워 운영할 것입니다. 좋은 말씀 감사합니다, 전하."

"임시정부가 연합국이 되고 국민의 환영을 받으며 우리의 땅으로 돌아갈 날까지 김구 주석의 많은 노력이 필요할 것이니 앞으로도 지금과 같이 의롭게 노력해 주세요."

터질 것같이 뛰던 심장과 흥분되었던 마음이 가라앉기 시작하자 조금 말이 꼬이는 느낌은 들었지만 내 뜻은 김구 주석에게 잘 전달되었을 것으로 생각했다.

"말씀대로 할 수 있도록 노력하겠습니다."

김구 주석은 대답하고 나서 비어 있는 찻잔에 새로운 찻물을 따랐다. 그러고는 잠시 숨을 고르고 말을 시작했다.

"전하께서 어떤 부분 때문에 임시정부를 찾아오셨는지는 잘 알겠습니다. 저 역시 그 부분에 동의했고, 앞으로도 말씀하셨던 부분을 생각하면서 임시정부를 이끌어 나가겠습니다. 그런데 이렇게 임시정부를 찾아오시는 것은 이번이 마지막이었으면 좋겠습니다. 이것은 저를 위해서가 아닌 전하를 위해 드리는 말씀입니다. 다행히 이 층의 회의는 국무회의였고, 그 안에는 전하의 존재에 대해서 알고 있는 국무위원들

뿐이었습니다. 만약 이곳에서 의정원의 의회가 열리고 있었다면, 상상하기조차 싫을 정도입니다. 말이라는 것은 발이 없어도 빠르게 퍼져 나가는 특징이 있습니다. 이 장면을 목격한 사람 중에 전하를 모르는 경위대원 두 명은 제가 단속하겠지만, 그들 말고 아래층 재무부와 1층의 내무부 직원들도 큰 소리를 들었을 가능성이 높아 분명 이야기는 새어 나갈 것입니다. 지금 전하께서는 경성에 있는 가족들과 후에 있을 일을 위해 죽은 것으로 위장하셨습니다. 언제나 그래 왔듯이 임시정부에는 밀정이 섞여 들게 마련입니다. 아무리 솎아 내도 그들을 완전히 막을 수는 없으니, 지금처럼 방문하시는 일이 잦아지면 전하의 존재에 대해서 일본이 알게 될 가능성이 높습니다. 그러니 임시정부의 방향이 마음에 들지 않으시면 이시영 재무부장을 통해 말해서 그를 통해 의견을 논의하거나, 제가 직접 전하를 찾아뵐 것입니다."

김구 주석이 하는 말은 틀린 것이 없었다. 일본이 내가 살아 있고 독립운동을 하고 있다는 것을 알게 되면, 분명 경성의 가족들이 위험해질 것이다.

경성에 있는 가족을 일본의 눈 밖으로 대피시킬 방법이 마땅치 않아 아직 내 정체는 완벽히 숨겨져야 했다.

그리고 경성의 가족뿐 아니라 내 정체를 숨기는 이유가 더 있었기에 보안에 신경 써야 했는데, 그런 면에서 오늘 임시정부 방문은 너무 충동적임을 인정할 수밖에 없었다.

"주석의 말이 맞습니다. 하지만 이런 문제라면 또다시 뛰어올지도 모릅니다. 이런 문제가 앞으로 일어나지 않는 것이 서로를 위해 가장 좋은 방법이라고 생각되네요."

"전하의 충고, 저도 새겨듣겠습니다. 지속 가능한 대한인 수용에 대해서는 성재를 통해 회의 결과를 보내 드릴 테니 의견이 있으시면 그를 통해 전달해 주시면 됩니다."

김구 주석과 대화를 마치고 밖으로 나오자 문밖에는 성재와 차리석 비서장, 최지헌, 한성규 경위대장만이 서 있었다.

"제가 안내하겠습니다."

내가 밖으로 나오자 한성규가 내게 말했다.

성재와도 대화를 나눌까 생각했으나, 이미 소란이 일어난 상황이라 여기서 더 대화하는 것은 내게 손해로 생각되어 가볍게 인사하고 한성규를 따라갔다.

한성규를 따라 1층으로 내려갈 때 이미 조치한 것인지 지나다니는 직원은 아무도 보이지 않았다.

1층에서 내가 들어왔던 정문이 아닌 후문으로 나를 안내하자 이상해서 잠시 멈춰 섰다.

내가 멈춰 서니 한성규가 먼저 내게 말해 왔다.

"소란이 일어난 뒤라 정문으로 나가시면 이목을 피하기가 힘들어 이쪽으로 안내하겠습니다. 방공호를 지나서 나가면 반대쪽으로 나가는 길이 있습니다. 이 길의 존재에 대해서는 임시정부의 고위직을 제외하고는 아는 사람이 없어, 남들의 이목을 피해 나가실 수 있습니다."

"안내하세요."

잠시 '혹시 나를 죽이려고 하는 것인가?' 하는 망상이 들었으나, 그랬다면 성재가 가만히 있지 않았을 것이고 뒤에 최지헌도 함께 가고 있으니 위험하면 탈출할 수 있을 것으로 생각하고 걸어갔다.

최지헌도 내 생각을 읽었는지 한 손을 품속으로 집어넣었다.

후문으로 나가자 산속으로 이어진 문이 나왔고, 그 문안에는 긴 동굴이 펼쳐져 있었다.

먼저 들어간 한성규가 입구 옆의 스위치를 올리자 통로에 전기가 들어왔다.

"상해에서 많은 폭격으로 피해를 봤던 국민당군이 만들어 놓은 방공호입니다. 아직은 중경에 폭격이 떨어진 경우는 없으나, 앞으로를 대비한 길입니다."

한성규의 설명을 들으면서 걸어가자 얼마 지나지 않아 큰 공간이 나타났다.

말이 큰 공간이지 가로세로 10미터 정도에 높이는 2미터를 조금 넘는 공간이었다. 아마도 이곳이 최종적으로 대피하는 공간으로 보였다.

그곳에서 오른쪽에 있는 벽으로 다가가 벽에 둘러쳐져 있는 나무판자 중에서 하나를 들어내자 그 뒤로 들어온 통로보다는 좁은 통로가 나타났다.

"이곳이 임시정부의 입구에서 조금 떨어진 곳으로 나가는 곳입니다. 제가 안내하겠습니다. 전기가 설치되어 있지 않아 조금 위험하오니 조심하십시오."

전기가 들어오지만 그리 밝지 않은 통로를 걸어와서인지 눈이 어둠에 적응했기에, 한성규가 피워 올린 횃불로도 통로는 충분히 눈에 들어왔다.

한성규가 먼저 들어가고, 나, 최지헌 순으로 걸어가는데, 최지헌이 내 등 뒤에서 조심스럽게 권총 하나를 내 쪽으로 찔러 넣었다.

그는 이곳이 위험할 수도 있다고 판단한 것 같았다.

나도 최대한 조용히 그에게서 건네받은 총을 내 품속으로 챙겨 넣었다.

총을 넘겨받고부터 언제든 뽑아 들 수 있게 몸을 적당히 긴장시키면서 걸어가자 반대편에서 밝은 빛이 문틈으로 들어왔다.

끝이 가까워 오자 한성규는 끝에 준비된 횃대에 자신이 들고 있던 횃불을 꽂고, 문을 연 뒤 밖으로 나갔다.

문을 열고 나오자 웬 창고가 하나 나왔다.

창고에는 식재료와 술이 쌓여 있었고, 중국술이 주를 이루고 있어 이곳이 중국식 주점임을 알 수 있었다.

"여기가 어딘가요?"

"한국독립당의 원로 중 한 분이 맡아서 운영하시는 식당입니다. 이 통로를 위장하기 위해 운영하고 있습니다, 전하. 제가 먼저 나가 밖을 확인할 테니 잠시만 기다려 주십시오."

한성규가 먼저 문을 열고 나가자 최지헌이 내게 다가와 귓속말을 했다.

"전하, 죄송하지만 이쪽 벽으로 붙어 주십시오. 양쪽 문으로 들어왔을 때 가장 대처하기 좋을 것입니다."

최지헌의 말에 따라 그가 가리킨 벽으로 붙자 최지헌은 우리가 들어온 동굴 쪽의 문 바로 옆 벽에 기대서서 자신의 품속에서 권총을 꺼내 한성규가 나간 방향으로 겨눴다.

너무 민감하게 반응하는 것이 아닌가 고민도 했으나, 만약 임시정부 내에서 나에게 반감을 품고 있는 인물이 나를 암살하려고 한다면, 지금이 가장 좋은 기회일 거란 생각이 들자 나도 최지헌과 같이 권총을 꺼내 들었다.

잠시간의 시간이 지나고 문이 다시 열리며 한성규가 들어왔다.

그가 들어오는 것을 보고 권총을 내렸으나, 이미 한성규는 우리가 들고 있던 권총을 보았기에 웃으면서 말했다.

"제가 전하께 위해를 가할 것이었으면, 동굴 안에서 했을 것입니다. 그편이 총소리도 나지 않고 훨씬 좋으니까요. 일단 밖은 잠시 정리했습니다. 나가시면 됩니다."

"내가 조금 민감했군, 이해하게."

"괜찮습니다, 전하."

그를 따라서 밖으로 나가자 그곳은 이전에 약산을 만나기 위해 왔었던 그 주점이었다.

내가 알고 있다는 표시를 내지 않으면서 한성규를 따라가자 주점은 아직 영업시간이 아닌지 문이 닫혀 있었고, 내부에는 사람은 보이지 않았다.

"밖으로 나가시어 오른쪽으로 10분 정도 걸어가시면 임시정부로 들어가는 골목이 있습니다. 이 근처에서 저는 얼굴이 팔려 있는 상태라 제가 따라가는 것이 오히려 이목을 끌 우려가 있어서 여기까지만 안내하도록 하겠습니다, 전하."

"고마워요."

한성규와 인사하고 밖으로 나가자 일전에 본 적 있는 거리가 눈에 들어왔다.

임시정부가 있는 섬에 있다고 알고 있어 가까운 줄은 알았으나 이 정도로 가까이 있는지는 몰랐었는데, 한성규의 말대로 걸어가니 얼마 지나지 않아 임시정부로 들어가는 골목이 나왔다.

그 앞에는 나를 기다리고 있는 제국익문사의 차가 주차되어 있었다.

"총 여기 있네."

차에 타면서 조수석에 탑승한 최지헌에게 총을 넘겨주었다.

"감사합니다, 전하."

"아닐세. 최 통신원이 수고했어. 꽤 위험한 상황이었어, 그렇지?"

"이시영 재무부장도 있었고, 그 뒤로 국무회의실 쪽에서 조완구 내무부장과 조성환 군무부장, 박찬익 법무부장이 있어 큰일은 없었을 것입니다. 네 사람 모두 우리와 뜻을 함께 하시는 분들이고, 전하의 목소리가 들렸을 때 조성환 군무부장은 경위대원의 총을 빼앗아서 뛰어왔었습니다. 임시정부에서는 전하가 마음에 들지 않더라도 함부로 움직이지는 못 했었을 것입니다, 전하."

내가 못 본 장면이었는데 최지헌은 주변의 상황까지 전부 확인한 것처럼 말했다.

"그게 보이던가?"

"요인 경호 과목을 수료한 요원이라면 모두 저처럼 파악했을 것입니다, 전하."

최지헌은 별것 아니라는 듯 말했지만, 급박한 상황이었는데도 냉정함을 지켜 그의 시야는 넓게 유지되었던 것 같았다.

오늘 일로 그가 왜 내게 파견되었는지를 확실히 알 수 있었다.

"대단하군……. 그런데 국무위원이 총 일곱 명이 아니었나?"

"김구 주석까지 포함하면 일곱 명이 맞습니다, 전하."

내 목소리가 들린 뒤 국무위원 회의실에서 세 사람이 뛰어왔다는 것은 성재를 포함하면 일곱 명 중 네 명이 내 편이라는 뜻이었다.

중립 진영인 조소앙 한 명을 제외하면 국무위원 내에서 김구 쪽을 지지하는 사람은 차리석을 제외하면 아무도 없다는 뜻이 되었다.

올해 10월이 되면 새로운 지도부 구성을 위한 국무위원 선거가 있어 그 선거 이후에는 어떻게 될지 모르나 지금 당장은 나와 성재가 임시정부에서 가장 입김이 센 사람이었다.

"다음 선거 전망은 어떻다고 하던가?"

"아직 정확한 예상은 나오지 않았으나, 윤홍섭 박사가 예상하기로는 하원은 민주당에서 쉽게 과반을 확보할 것이고, 상원은 민주당과 공화당 중 어느 쪽도 과반을 자신하지는 못하는 상황……."

최지헌은 내 질문이 임시정부의 선거가 아닌 미국 총선거에 대한 질문이라고 생각한 것인지 미국 대선에 대한 전망을 내놓았다.

"아니, 미국 선거를 이야기하는 것이 아니라, 임시정부의 다음 국무위원 선거를 말하는 것이네."

"아, 죄송합니다, 전하. 임시정부의 선거는 아직 누가 후보자로 출마할지조차 정확하지 않고, 워낙 쟁쟁한 사람이 많아서 예측이 쉽지 않은 상황입니다, 전하."

"그래도 제국익문사라면 어느 정도 예측하고 있을 터이니 정확하지 않아도 괜찮으니 알려 주게."

"일단 몇 명의 후보군이 있기는 하나 다음 내각에서 참여할 것으로 가장 유력하게 생각되는 분은 김규식金奎植 의원입니다. 현 국무위원회 부주석으로 어떤 분야일지는 모르나 다음 국무위원 선거에 출마하게 되면 당선은 쉽게 할 것입니다. 그 외에도……."

예측이 쉽지 않다고 발을 빼던 최지헌은 내가 두 번을 물어보자 10여 명의 이름을 말하면서 내각에 입성할 것으로 예상하는 인물들을 말했다.

"……이 정도 인원이 다음 선거에 출마할 것으로 예상합니다. 현재 내각에 있는 사람 중에서는 김구 주석과 조소앙 외무부장, 조성환 군무부장, 이시영 재무부장은 재선이 거의 확실시되고 있습니다. 특히 이시영 재무부장의 경우에는 지지 기반도 넓고 대체자가 없는 상태라, 무투표 당선이 될 가능성이 높습니다. 그 외 우리 쪽 인사인 조완구 내무부장의 경우에는 다음 선거에 불출마를 선언한 상태라 내무부장직을 내려놓을 것이고, 박찬익 법무부장은 지지 기반은 그리

강하지 않으나 마땅한 상대가 없는 상태라 유임되지 않을까 조심스럽게 예측하고 있습니다. 물론 아직 기간이 많이 남아 있는 상태라 강력한 상대가 나타나면 재선을 자신할 수 있는 상태는 아닙니다. 마지막으로 비서장의 경우에는 주석이 지명하는 방식이라, 차리석 비서장이 유임할 것으로 생각됩니다, 전하."

2년의 임기를 가지고 활동하는 국무위원이었으니, 나는 태평양전쟁을 앞으로 2년 안에 끝낼 생각이었기에 다음 국무위원이 임시정부의 마지막 국무위원이 될 가능성이 높았다.

"다음 임시정부의 내각은 아주 중요합니다. 이번 선거에는 우리 제국익문사도 깊게 관여할 것이니, 우리가 후보로 내세울 만한 인물을 물색하고 심 사무에게도 선거 준비를 하라고 일러두세요."

"알겠습니다, 전하."

6장

임시정부를 출발한 차는 얼마 지나지 않아 빠르게 이동해 제국익문사의 사무소 앞에 이르렀다.

그런데 거기에는 여러 대의 트럭이 세워져 있었고, 그 사이로 제국익문사의 요원들과 시월이, 이 상궁을 비롯한 숙소 식당의 주방에서 일하는 사람들까지 다 나와서 분주하게 움직이고 있었다.

"무슨 일이지?"

"잘 모르겠습니다, 전하."

너무나도 많은 사람이 나와 있어서 놀라 혼잣말을 했는데, 최지헌은 자신에게 한 말이라고 생각했는지 내 말에 대답했다.

차에서 내려 다가가니 트럭에는 음식을 만드는 식기구와 식자재가 실려 있었고, 다른 트럭에는 담요와 물통이 실려 있었다.

"오셨습니까, 전하."

내가 트럭으로 다가가자 심재원이 다가오는 나를 발견하고는 내게 와서 말했다.

"이게 다 무슨 일인가요? 설마……."

처음에 이게 무슨 일인가 하다가 식재료를 보고 나니 이번에 구출한 사람들이 떠올라 말하다가 끝을 흐렸다.

"맞습니다, 전하. 그들을 한 번에 훈련소로 옮기기는 우리사의 차량으로는 불가능해 차량을 섭외하고 있습니다. 그곳의 환경이 열악하다고 들어 이동할 트럭이 섭외되는 동안 당장 그들이 사용할 음식과 담요를 준비했습니다, 전하."

임시정부로 가기 전 대화할 때만 해도 심재원은 그들을 수용하는 것에 반대했었는데, 내가 강력히 말하고 나니 내 뜻에 따라 빠르게 준비한 것 같았다.

이미 트럭은 떠날 준비를 거의 마쳤다.

"이 상궁, 이 상궁도 가는 건가?"

심재원과 대화를 하고 있을 때 사람들을 지휘하고 있던 이 상궁이 내 쪽으로 다가오기에 물었다.

"아닙니다, 전하. 저는 이곳 숙소의 식당에서 저녁을 해야 해서 다른 친구들이 갈 것입니다, 전하."

"그래요. 이 상궁이 그곳으로 가면 이곳의 사람들이 슬퍼할 거예요."

"과찬이십니다, 전하."

내 말에 대답하는 이 상궁의 얼굴에는 미소가 걸려 있었다.

그녀 역시 자신이 이곳에서 중요한 사람이라는 것에 만족하는 것 같았다.

"심 사무, 언제 출발하나요?"

"이제 준비가 거의 끝나 갑니다. 임시정부에 사람을 보냈으니, 그쪽 사람이 도착하면 바로 출발할 것입니다, 전하."

"임시정부에요?"

우리가 가는데 왜 임시정부의 사람을 기다려야 하는지 심재원의 말이 이해가 되지 않아 되물었다.

"어쨌든 지금은 그들을 우리 쪽에서 광복군으로 인계한 상태이고, 그들이 우리 훈련소로 이동하는 것은 전하께서 협상하고 오신 이후에나 가능해서 일단 당장 급한 음식과 담요는 보내려고 준비했는데, 지금 있는 곳이 광복군 주둔지 근처라 불필요한 오해를 사지 않기 위해서 임시정부에 안내할 사람을 요청했습니다, 전하."

"아……. 그것도 그렇겠군요."

심 사무와 대화하는 사이 얼마 지나지 않아 제국익문사 요원 한 명과 함께 일전에 본 적 있는 성재의 비서 최경현이 함께 왔다.

그가 도착하자마자 다들 출발할 준비를 끝마쳤다.

"나도 함께 가도록 하지요."

내 말에 심재원은 잠시 고민하는 표정이 되었다.

그가 무엇을 걱정하고 있는지 알고 있어서 그가 말하기 전에 내가 먼저 말했다.

"안 그래도 오늘 김구 주석에게도 내 비밀이 드러날까 걱정된다는 말을 들었어요. 그래도 그곳은 내가 가도 나를 알아보는 사람이 없을 거예요. 앞에 나서지 않고 뒤에서 지켜볼 것이니 너무 걱정하지 말아요."

"알겠습니다, 전하."

심재원은 내 말에도 잠시 고민하고 나서야 대답했다.

평소에는 사무소와 숙소를 거의 벗어나지 않아 별다른 말이 없었는데, 오늘 임시정부를 다녀오고 바로 다시 또 나가는 게 걸리는 것 같았다.

"조용히 다녀올 테니 걱정하지 마세요."

심재원의 걱정을 뒤로하고, 이미 출발 준비를 마치고 심재원의 말만 기다리고 있던 한쪽 트럭의 뒤에 올라탔다.

"전하, 앞쪽에 자리를 마련하겠습니다."

내가 트럭 뒤쪽으로 올라타자 심재원이 놀라면서 말했다.

"아니에요. 이 자리면 충분하니 신경 쓰지 말아요. 그리고 정체를 숨기기에는 뒷자리에 타는 게 더 좋지 않겠나요? 최

통신원도 갈 거면 얼른 올라타고요."

심재원을 설득하고 나서 그의 옆에서 망설이고 있는 최지헌에게 말했다.

그러자 최지헌도 급히 내 옆으로 올라왔다.

"출발~!"

내가 크게 외치자 운전대를 잡은 요원이 들었는지 준비된 차량이 차례로 출발했다.

사람까지 탄 세 대의 트럭은 줄지어 중경 시내로 들어갔다.

중경 외곽을 순환하는 도로가 없어 광복군 주둔지인 남쪽으로 가기 위해서는 시내로 들어갔다 나가야 하는 길이라 어쩔 수 없는 선택이었다.

시내로 들어갔던 차가 외곽으로 접어들자 어느 정도 포장되어 있던 시내의 길과는 다른 흙길을 달리기 시작했다.

승용차와 트럭의 조수석의 승차감도 현대에 비하면 아주 나쁘다고 생각했는데, 트럭 짐칸의 승차감은 노면의 울퉁불퉁함을 배가시켜서 전달해 주는 느낌이었다.

계속된 진동으로 허리의 감각이 사라질 때쯤 일본군에서 구출된 사람들이 모여 있는 주둔지에 도착할 수 있었다.

말이 주둔지지 멀리 보이는 광복군 주둔지에서 버려져 있는 느낌이 들 정도로, 허허벌판에 천막 세 개만 덩그러니 놓여 있었다.

세 대의 트럭이 천막 근처에 멈춰 서자 천막 밖에 모여서 앉아 있던 사람들이 호기심과 두려움을 함께 가진 눈으로 우리를 바라봤다.

잠시 후 그중에서 광복군의 군복을 입고 있는 인물 두 명이 총을 들고 우리 쪽으로 다가왔다.

"어떻게 오셨습니까?"

"재무부장의 명으로 이들에게 지급할 모포와 식재료를 가져왔습니다. 여기 이건 서류고……."

총을 든 군인의 질문에 가장 선두에 있던 차에서 최경현이 내리며 대답했다.

그는 품속에서 자신이 가지고 온 서류를 꺼내어 보여 주면서 이야기했다.

"아, 최경현 비서님은 잘 알고 있습니다. 근데 이렇게나 많이 보내셨습니까?"

그의 말이 채 끝나기 전에 트럭으로 다가왔던 군인이 최경현에게 알은체를 하며 말했다.

"제국익문사에서 지원하는 것입니다. 아직 정식 명령서는 나오지 않았으나, 이들에 대한 신변은 제국익문사에서 다시 인계받기로 되어 있습니다."

"임시정부가 아니고요?"

"며칠 내로 정식 명령서가 올 것이니 그때 보시면 되고, 일단 이 담요를 내려 나눠 줄 수 있게 군인들을 데려오세요."

"알겠습니다."

최경현이 제국익문사의 요원들에게 내려도 됨을 알리자 모든 요원이 나와서 식기구부터 옮기기 시작했다.

그중에는 시월이도 있었다.

저녁 준비를 위해 식기구와 식자재를 옮기는 사이 광복군의 군인들이 담요가 실려 있는 트럭에서 담요를 내려 사람들에게 일일이 나눠 주었다.

요원들과 군인들이 일하는 사이에 주변을 둘러보니 바깥에는 하루 한 끼도 제대로 못 먹은 것인지 삐쩍 말라서 뼈의 형태가 다 드러나 보이는 남자들이 앉아 있었다.

나이대는 많아야 20대 초반 정도밖에 안 되어 보였는데, 그들의 검게 그을린 피부와 팔다리에서 간혹 보이는 상처들로 얼마나 힘든 시간을 지나왔는지 알 수 있었다.

그들을 지나 세 개의 천막 중 한 천막 안으로 들어가니 10대 후반에서 20대 초반밖에 안 되어 보이는 여자아이들이 있었다.

이곳으로 오기 전까지도 일본군에게 폭행을 당했던 것인지 얼굴 곳곳이 멍들거나 상처가 난 아이들이 대부분이었다.

개중에는 이제 10대 초중반 정도밖에 안 되어 보일 정도로 어린 아이들도 있었다.

제대로 먹지도 못했는지 그들은 뼈가 다 드러나 보였는데, 안쓰러울 정도로 말라 있었다.

그들의 눈에는 호기심보다는 사람에 대한 두려움이 더욱 많이 보였다.

내가 지나가면서 그들을 살펴보자 삼삼오오 모여 있는 사람들끼리 서로 더욱 밀착하며 나를 경계했다.

그런 아이들의 모습을 보자 머릿속이 핑 도는 느낌이 들었다. 손발도 한기를 느꼈을 때와 비슷하게 미세하게 떨렸다.

그들에게 위협적이지 않게 최대한 조심하며 통로를 걸어갔다.

그러다 10대 초반이라고 보기도 힘든 어린 여자아이가 앉아 있는 걸 발견했다.

팔다리, 얼굴까지 온통 멍이었고, 입술에는 예전에 찢어졌던 곳에 피가 말라붙어 있었다.

그 아이와 눈을 맞추기 위해 몸을 낮추니 그 아이는 후다닥거리며 뒤로 물러났고, 주변의 조금 큰 여자아이들이 숨겼다.

"지금 우리가 먹을 거와 담요를 가지고 왔으니까 밖에 나가서 담요를 가져와서 덮고, 조금 있으면 밥이 될 테니까 밥도 마음껏 많이 먹어."

나를 무서운 눈으로 바라보던 아이들은 내 입에서 한국어가 나오자 처음보다는 조금 덜 경계하는 듯했다.

하지만 갑자기 움직이거나 내게 다가오거나 하지는 않았다.

이 아이들을 위해 내가 이곳에 있는 것보다는 멀리 떨어져 있는 낫겠다 싶었다. 그래야 편안하게 휴식할 수 있을 듯 보여 천막 밖으로 나왔다.

내가 나가고 나자 천막의 문으로 몇 명의 아이들이 붙어서 밖의 상황을 조심스럽게 살폈다.

밖에서는 벌써 트럭으로 실어 온 식재료들을 천막 한쪽에 내려서 음식을 만들고 있었다.

"나는 무엇을 도와주면 되겠느냐?"

가져온 것들로 요리를 하고 있는 곳으로 다가가 시월이에게 물었다.

"아닙니다, 전하. 처음 이지현 여사께서 준비하시며 충분한 인원을 보내 주셔서 괜찮습니다, 전하."

나도 뭔가 도움을 주고 싶었으나, 그냥 보기에도 네 명의 여성들과 여섯 명의 제국익문사 요원들까지 함께 돕고 있어서 내가 직접 요리를 하는 것이 아니라면 마땅히 할 일이 없어 보이기는 했다.

실력도 없는 내가 괜히 돕겠다고 하다가 사고 칠 것 같아 다른 쪽으로 갔다.

담요를 담아 왔던 빈 상자가 트럭 근처에 놓여 있어서 그쪽에 가서 앉았다.

그 자리에서 사람들을 보면서 앉아 있자 최경현이 내 쪽으로 다가왔다.

"이쪽으로 앉아요."

내가 앉은 상자 말고도 빈 상자는 몇 개 더 있었기에 그에게 권했다.

처음에는 자리를 거부하다 내가 다시 한 번 권하자 마지못해 내가 앉은 근처에 자리 잡았다.

"남자들은 군인이었을 텐데, 제대로 먹지도 못한 것 같군요."

"기초 군사훈련만 받고 전방에 배치된 조선인 병사는 총알받이로 분류되어 사용되다 죽어 가는 존재들입니다. 탈영의 가능성을 막기 위해 식사는 최소한의 배급만 해 죽지 않을 만큼만 유지한다고 들었습니다, 전하."

"그들이 원하든 원하지 않았든 저들도 일본군이었을 때는 자국 군인일 텐데 포로보다 못한 대우를 한다는 것인가요?"

아무리 조선인 징집병이라지만 같은 일본군인 병사들에게는 제대로 된 대우를 해 줄 것이라 생각했던 것이 얼마나 순진한 생각이었는지가 눈으로 보였다.

"지금까지 알아본 바로는 일본 본토에서 징집한 군인이 아니면 제대로 된 대우를 하는 경우는 거의 없습니다, 전하."

최경현과 대화를 잠시 하다 중단하고 의자에 가만히 앉아서 음식이 완성되기를 기다렸다.

미리 준비를 어느 정도 해 온 것인지 1시간 정도가 지나자 네 개의 큰 솥에서 밥 냄새와 고깃국 냄새가 온 천막을 뒤덮었다.

맛있는 냄새가 나서인지 천막 주위에 있던 남자들과 천막 안에 있던 여자아이 중 몇 명이 밖으로 나와 요리하는 곳을 기웃거렸다.

"이쪽으로 와서 줄을 서면 됩니다! 음식은 넉넉히 가지고 왔으니 싸우지 말아요. 차례를 기다리면 전부 받을 수 있으니 걱정하지 말고 순서대로 받아 주세요! 천막 안에 있는 사람들도 이쪽으로 와서 줄 서서 기다리세요!"

경계하면서 기웃거리던 사람들이 음식 준비를 마쳤다는 신호를 받은 최지헌의 외침에 요리하는 곳으로 줄 서기 시작했다.

이미 냄새로 음식이 거의 다 되었음을 알고 있어서인지 얼마 지나지 않아 긴 줄이 늘어섰다.

천막 안에 있던 여자아이들도 큰 아이들의 뒤를 따라서 밖으로 나왔다.

앞쪽부터 한 사람 한 사람 국밥 그릇을 하나씩 손에 들고 자신들이 앉아 있던 자리로 돌아가 바닥에 앉아 허겁지겁 먹기 시작했다.

"모자라지는 않겠던가?"

음식 준비하는 곳에서 함께 도움을 주던 시월이가 국밥 그릇을 하나 가지고 내 쪽으로 왔다.

"이지현 여사께서 모자라면 안 된다고, 먹고 남을 정도로 양을 싸 주셔서 충분할 것입니다, 전하."

"급하게 준비하느라 힘들었을 텐데 고생했어. 근데 이게 무슨 국인가?"

"돼지고기와 무, 마늘과 채소를 넣어 맑게 끓인 국입니다. 육개장처럼 한 것인데 급하게 준비하느라 소고기를 구하지 못해 식당에서 찌개용으로 준비했던 돼지고기로 끓였습니다. 그리고 이지현 여사께서 제대로 먹지 못했던 사람들이 고춧가루가 들어간 음식을 먹으면 탈이 난다고 하셔서 부드럽게 끓인 것입니다, 전하."

"나는 괜찮으니 저들이나 더 나눠 주게."

음식을 먹고 싶은 생각이 없어 시월이가 가지고 온 국밥을 다시 돌려주었다.

한참의 배식 끝에 음식 전달을 마치자 나와 함께 온 사람들도 한 그릇씩 가지고 밥을 먹기 시작했다.

나와 함께 온 사람들은 배가 고파도 허겁지겁 먹지는 않았는데, 일본군에서 구출된 사람들은 허겁지겁이라는 말로도 표현이 안 될 정도로 급하게 밥을 먹었다.

그리고 한 그릇을 다 비운 사람들은 빈 그릇을 들고 배식하는 쪽의 눈치를 봤다.

아마도 더 먹고 싶은데 차마 그릇을 들고 가지는 못하는 것으로 보였다.

그래서 더 먹을 사람은 더 먹이게 하려고 자리에서 일어날 때, 그런 사람들의 모습을 본 것이 나만은 아니었는지 국밥을 먹던 숙소 식당의 직원 중 한 명이 자신이 먹던 것을 내려놓고 일어나서 크게 소리쳤다.

"많이 남아 있으니까 더 먹고 싶은 사람은 이쪽으로 와서 받아 가세요!"

그 말에 수십 명의 사람이 일어나서 배식하는 곳으로 왔고, 국밥을 먹고 있던 사람 중에서 일부도 국밥을 먹는 속도를 높였다.

나는 일어나려던 자리에 다시 앉아서 사람들이 음식을 먹는 것을 가만히 봤다.

한참을 바라보고 있을 때 천막 안에서 봤던 작은 여자아이가 조금 더 큰 여자아이 옆에 붙어서 내 쪽으로 다가왔다.

"무슨 일이니?"

내가 다가온 아이를 보면서 말했다.

"아저씨만 안 먹어서 가져왔어요. 저기 아저씨들이 많이 있다고 했어요. 드세요."

고사리손으로 내게 국밥 그릇을 건네주는 아이의 모습을 보자 갑자기 눈물이 났다.

자신도 배가 고팠을 텐데 내가 밥을 안 먹고 있다는 것까지 보고 국밥을 들고 온 아이의 마음이 가슴 한쪽을 아리게 했다.

내가 아이에게서 국밥 그릇을 받아 들자 아이는 내 눈으로 손을 가져가더니 흐르는 눈물을 닦아 주었다.

내 피부에 닿는 아이의 손은 평범한 아이들의 손처럼 부드럽지 않았다.

"아저씨, 왜 울어요?"

국밥 그릇을 내 옆에 내려놓고, 아이의 손을 잡았다.

처음 나를 봤을 때 도망가던 아이였지만 지금 경계해도 옆에 같이 온 언니가 있어서인지 손을 빼거나 하지는 않았다.

내가 잡은 아이의 손은 얼마나 고생을 했는지, 작은 손에 굳은살이 무수히 박혀 있었다.

"아니야. 이제부터는 괜찮으니까 돌아서 쉬고 있어. 아저씨가 지켜 줄게."

"아저씨, 울지 마요."

"그래그래, 아저씨 안 울게."

아이와 이야기하며 잡았던 손을 놓아주자 아이는 내게 미소 지어 주는 것으로 대답을 대신했다.

입술에 핏자국도 있고 곳곳이 멍이 들어 있는지라 객관적으로는 예쁜 모습은 아니었으나, 내게는 아이의 미소가 천사가 내려와 짓는 미소같이 느껴졌다.

천사 같은 아이는 내가 국밥을 한 숟갈 떠서 먹으니 언니의 손을 잡고 천막으로 돌아갔다.

아이가 돌아가고 아이가 가져다준 국밥을 먹으니 잠시 멈췄던 눈물이 계속해서 흘러내렸다.

평소에 먹던 음식에 비하면 간도 약하고 해서 맛있지는 않았지만, 더없이 맛있게 느껴졌다.

다 먹은 국밥 그릇을 시월이가 내게서 받아 갔다.

그러고는 음식을 하기 위해 펼쳤던 솥을 다시 정리하고, 설거지를 하기에는 우물이나 펌프가 없어 모든 그릇을 다시 회수해 돌아갈 준비를 마쳤다.

그들이 그런 준비를 할 때까지 나는 빈 상자에 앉아서 멍하니 그들을 바라봤다.

"전하, 돌아갈 준비를 마쳤습니다. 우리 사 요원 중 네 명은 이곳에 남아 혹시 모를 불상사를 대비하고, 다른 사람들은 모두 사무소로 돌아갈 것입니다, 전하."

돌아갈 준비를 마치자 최지헌이 내게 와서 보고했다.

"그래요, 돌아가죠."

올 때 타고 왔던 트럭의 뒷좌석에 올라타 사무소로 돌아왔다.

내가 타고 있던 차는 사람들이 먹고 난 빈 그릇과 솥이 쌓여 있는 차량이었는데, 우리 트럭은 사무소가 아닌 숙소로 바로 갔다.

숙소에 도착하자 이 상궁을 비롯해 여러 사람이 우리 차가 오는 것을 기다리고 있었다.

"잘 다녀오셨습니까, 전하?"

"갑자기 생긴 일인데 이 상궁이 너무 고생했어요. 덕분에 많은 사람을 넉넉히 먹일 수 있었어요."

"아닙니다. 전하께서 지원해 주신 덕분에 준비한 것입니다, 전하."

"고마워요."

이 상궁과 대화하고 나서 나도 사람들 틈에 들어가 물건을 내리는 일을 함께 하려고 하자 최지헌이 내게로 다가와서 말했다.

"전하께서 안 하셔도 할 사람은 많습니다. 오늘 많은 일이 있었는데 이만 들어가서 쉬시는 게 어떻겠습니까, 전하."

"다른 곳도 아니고 여기는 다 나를 알고 있는 사람들이니 이들과 함께 마지막까지 정리하고 싶네. 최 통신원도 나를 신경 쓰지 말고 일하게."

최지헌도 내 말에 더는 말하지 않고 그릇을 뒷마당으로 옮겼다.

많은 사람이 먹어서 설거지가 엄청나게 쌓여 있었기에, 나도 사람들 틈에 들어가 함께 설거지를 했다.

일하는 사람이 많아 얼마 지나지 않아 그릇 설거지가 끝났다.

설거지를 마치고 식당 쪽을 쳐다보니 언제 나왔는지 심재원이 후문에서 서서 나를 바라보고 있었다. 그러다 나와 눈이 마주치자 허리를 숙여 인사를 했다.

"언제 내려오셨나요?"

"전하께서 오시고 얼마 되지 않아 아래가 소란스러워 내려왔습니다. 너무 열심히 일하고 계셔서 따로 말씀드리지 않았습니다, 전하."

"심 사무, 30분 정도 있다가 내 방으로 와서 대화를 좀 했으면 좋겠네요."

"알겠습니다. 저도 드릴 말씀이 있습니다, 전하."

"그래요."

심재원의 대답을 듣고 내 방으로 올라왔다.

내 방에서 오직 나만이 알고 있는 장소인 침대를 들춰 올렸다.

침대를 뒤집어 침대의 바닥에 까는 이불을 들었다.

이불의 단추를 풀고, 이불 틈에 보관되어 있는 서류를 꺼냈다.

여러 개의 서류 중에서 내가 찾는 서류를 꺼내 놓고 나머지는 다시 넣어 정리했다.

그러고는 탁자로 돌아가 컴퓨터 자판 방식의 암호화가 되어 있는 서류를 한글로 옮겨 적었다.

서류를 다 정리하고 암호화해서 작성했던 서류를 다 태워버리고, 한글로 작성한 서류는 침대 옆 협탁 서랍에 넣었다.

그러고 얼마 지나지 않아 문을 두드리는 소리가 들리고 심재원의 목소리가 들렸다.

"전하, 소인 심재원입니다."

"들어오세요."

심재원은 들어와서 내 말에 따라 내 방에 있는 탁자에 나와 마주 앉았다.

"아까 내게 해야 할 말이 있다고 했었나요?"

"그렇습니다, 전하."

"해 보세요."

내 허락이 떨어지자 심재원은 탁자 위에 서류를 하나 올려 내가 볼 수 있게 하고 말을 시작했다.

"오늘 광복군 주둔지에 가신 사이에 임시정부에서 이시영 재무부장이 다녀갔습니다. 이것은 임시정부에서 공식 문서로 내려온, 이번에 구출된 사람들을 제국익문사에서 보호하는 것에 대한 답변서입니다. 문서 방식은 우리가 먼저 요청했고, 그 이후에 임시정부에서 회의를 거쳐 우리가 보호하는 것이 더 좋을 것이라는 답변서입니다."

"성재가 오늘 나 때문에 고생했겠군요."

낮에도 대화는 못 했지만 그가 임시정부 내에서 내 뜻에 따라 움직이고 있다는 것은 다 알고 있었으니, 오늘도 온종일 고생했을 것이었다.

"오늘 얼굴이 초췌해 보였습니다, 전하."

심재원은 씁쓸한 표정을 지으면서 대답했다.

오늘 내가 그들에 대해 수용하겠다는 의견을 내고 나서 성재와 심재원, 이 상궁까지 모든 사람이 갑작스러운 일을 준비하고 실행했다.

"심 사무도 고생했어요."

"아닙니다, 전하."

"보고할 것은 이것이 다인가요?"

"그렇습니다, 전하."

"잠시만 기다리세요."

심재원의 말을 듣고 나서 자리에서 일어나며 그에게 말했다.

자리에서 일어나 미리 한글로 만들어 놓던 서류를 침대 옆의 협탁 서랍에서 꺼내 왔다.

"일전에 말했던 레닌그라드가 점령되었을 때 소련에 미칠 영향에 대한 보고서는 아직이겠지요?"

6개월은 걸릴 것으로 예상했던 서류여서 안 되었을 것으로 알고 있었지만 혹시나 해서 물었다.

"블라디보스토크의 광무대에 있는 요원에게 지시는 내렸으나, 아직 보고서가 넘어오지는 않았습니다, 전하."

"오래 걸린다고 했던 것이니…… 괜찮습니다. 그러면 중화민국의 배신자는 찾았나요?"

"지금 세 명에 대해서 파악했고, 그중에서 한 명의 소재지를 파악해 상황을 알아보고 있습니다, 전하."

독일과 접촉 가능한 사람을 알아보라고 했던 지시는 벌써 많이 진행된 것으로 보였다.

"아직 보고하지 않았다는 것은, 그 사람과 직접적인 접촉은 안 했다는 것인가요?"

"우리의 정체를 드러내지 않기 위해 조심하다 보니 접촉은 하지 않았습니다, 전하."

"이 서류를 한번 읽어 보세요."

탁자 위에 올려놓은 내가 작성한 서류를 심재원 쪽으로 밀면서 말했다.

심재원은 내 말에 서류를 들어서 읽기 시작했다.

얼마 지나지 않아 서류를 다 읽은 심재원은 놀란 표정으로 나를 바라보면서 말했다.

"전하, 이것은……. 이것을 미국이나 중화민국에서 알게 되면 엄청난 후폭풍이 있을 것입니다."

심재원은 나만 들을 수 있게 아주 작은 목소리로 말했다.

"그러니 비밀로 해야지요. 감시하고 있는 배신자 중에서 한 명을 골라 넘겨주세요."

"아직 정확하게 파악하지는 않았으나, 제가 예측하기로는 이대로 했을 때에는 소련이 붕괴할 수도 있습니다, 전하."

나는 레닌그라드 공방전이 독일의 승리로 끝나도 소련이 그리 쉽게 무너질 것이라고는 생각하지 않았다.

단지 유럽의 전쟁이 원래의 역사보다는 훨씬 길어질 것이라는 건 충분히 생각할 수 있었다.

"그리 쉽게 무너지지는 않을 거예요. 이 정도는 되어야 소련과 미국이 일본과의 전쟁에 집중하지, 안 그러면 유럽의 전쟁에 우선순위가 밀릴 거예요. 나도 이 작전으로 발생할 연합군의 사상자에 대해서 걱정해 심 사무에게도 비밀로 하고 이리저리 조사만 지시했었는데, 오늘 우리 국민을 보고 나서 마음을 굳혔어요. 그들도 과거 일제가 우리를 침탈할 때 대한제국의 외침을 자신들의 이익을 위해서 묵살했었어요. 그래서 나도 그들을, 내 국민을 위해서 그들을 이용하기로 마음먹었으니 심 사무도 반대하지 말고 이대로 진행하세요. 최대한 비밀스럽게 이 일을 하고 있는 요원과 나 그리고 심 사무까지 우리 세 사람만 알고 있어야 합니다. 이건 역사에도 묻혀야 하고요. 알겠어요?"

"……알겠습니다. 은밀히 진행하겠습니다, 전하."

심재원은 내 말에 내가 작성한 서류를 방 안의 촛불로 가져갔다.

이미 다 외웠고, 이런 것은 서류로 가지고 있는 것이 굉장히 위험하다는 것을 알고 있는 심재원은 서류에 불을 붙여 완전히 태워 버렸다.

"이 일은 제가 기획한 것입니다. 후에 들통이 나더라도 저의 충정으로 한 일이니, 전하는 모르시는 일입니다."

갑작스러운 심재원의 태도 변화가 무슨 뜻인지는 나도 잘 알았다.

비밀이어야 하고, 절대 발각되면 안 되는 것이었지만, 혹시 발각되었을 때에는 자신이 책임지고 가겠다는 뜻이었다.

“혹시 발각되더라도 그대에게만 책임을 지우지는 않을 것이니 걱정 마세요.”

“아닙니다. 이건 제가 지고 가겠습니다. 전하께서는 모르시는 것입니다. 전하께서 계시지 않으면 지금까지 하고 있는 모든 일이 허사로 돌아갈 것입니다. 물론 제가 절대 발각되지 않게 할 것이지만, 만에 하나가 있습니다. 제가 이것을 하는 대신에 전하께서는 이 부분에 꼭 약조해 주십시오, 전하.”

내게 말하는 심재원의 표정은 비장함이 서려 있었다.

그의 표정은 단호했고, 내가 무슨 말을 해도 설득당하지 않겠다는 게 보였다.

“하늘과 땅도 모르게 진행하세요. 제가 할 말은 그것뿐이에요.”

“이미 대한제국 주인의 눈과 귀가 되겠다고 호의초에 맹세한 몸입니다. 하지만 이것은 제가 하는 일입니다. 전하께서는 모르시는 일입니다. 약조해 주십시오.”

심재원은 내가 약속하지 않으면 절대 나가지 않겠다는 태도로 내게 말했다.

결국, 나는 어쩔 수 없이 그가 원하는 대답을 해 줄 수밖에 없었다.

"심 사무를 위해 대한의 이름을 지키겠다고 약속할게요."

"감사합니다, 전하."

심재원은 내가 자신의 약속에 응하자 그제야 만족스러운 표정으로 대답하고 나서 내 방을 나갔다.

다음 날 출근한 사무실은 구출한 인원에 대한 임시정부와의 협의 때문인지 2층의 요원 중 몇 명은 자리를 비웠다.

"이들은 임시정부에 갔나요?"

빈자리의 이유를 확인하기 위해 심재원에게 물었다.

"이시영 재무부장과 구출된 인원의 세부 사항을 협의하기 위해 임시정부에 갔습니다, 전하."

"언제쯤 될 것 같던가요?"

"오늘 오전에 이동에 필요한 트럭은 저희가 준비한 것도 있고 임시정부에서 일부 지원해 주기로 해서 준비를 마쳤습니다. 다만 임시정부 내에서도 다른 의견이 있어 논쟁 중이라 우리 쪽 의견을 전달하기 위해 갔습니다, 전하."

"논쟁 중이라고요?"

딱히 논쟁거리라고 할 만한 게 떠오르지 않아 심재원에게 다시 물었다.

"임시정부에서 수용해야 한다고 생각하는 사람 중 일부가 반대하고 있습니다. 특히 수용하는 곳이 우리 사라고 들어서인지 평소 이시영 재부 무장의 영향력이 강해지는 것을 견제했던 쪽에서도 함께 반대하고 있습니다, 전하."

심재원의 말에 어이가 없었다.

자신들이 수용할지 말지를 고민하는 사이 당사자들은 고통받고 있었는데, 의정원의 사람들은 성재의 권력 강화를 막기 위해 반대한다는 게 화가 났다.

"설마 조소앙도 그런가요?"

"국무회의에서는 이견이 없었습니다. 그래서 김구 주석은 바로 서류를 만들어 주려고 했는데, 우리 사에 보호 권한을 넘긴다는 말을 들은 의정원의 일부 의원들이 반대하고 있습니다, 전하."

"심 사무가 직접 나서서라도, 최대한 노력을 기울여 오늘 중으로 그들의 신변을 확보하세요. 상처받은 사람들이니 더는 그들의 마음에 상처를 내는 일은 없게 합시다. 그리고 반대하는 의정원 의원들에 대한 정보도 수집하세요. 자기 생각으로 반대한 것이라면 몰라도 권력 지향적인 사람이라면, 개중에는 누군가의 사주를 받은 사람들도 있을 것이에요."

"오늘 중으로 이동할 수 있도록 노력하겠습니다, 전하."

내 자리로 돌아가니 오늘 올라온 보고서들이 놓여 있었다.

평소에는 간밤에 있던 일에 대한 보고서와 내가 지시했던 것을 완료하면 가지고 오는 보고서 한두 개가 놓여 있었는데, 오늘은 열 개에 가까운 서류가 올라와 있었다.

"서류가 엄청 많군요."

"예상하셨던 일이 터졌습니다. 미국과 일본이 하와이 북서부 미드웨이 제도(Midway Atoll) 근처에서 대규모 공방전을 벌였습니다."

드디어 아시아에서 모든 기반을 잃어버리고 퇴각만 거듭하던 미국군이 반격의 단초를 마련한 해전이 벌어졌다.

얼른 자리에 앉아 올라온 서류를 확인했다.

"그런데 양측에서 주장하는 해전의 결과가 너무나도 상반돼서 어떤 것을 믿어야 하지는 확신이 서지를 않습니다, 전하."

심재원의 말대로 일본 해군 측 입장과 미군 측 입장으로 서로 다른 보고서가 있었다.

미국 쪽 서류에는 미국군은 항공모함 한 척, 구축함 한 척이 침몰했고 3백여 명의 사상자가 나왔으며, 성과는 일본군 항공모함 네 척, 순양함 한 척을 침몰시키고 최소 2천 명 이상의 사상자가 나왔을 것이라고 추정한다고 적혀 있었다.

그리고 일본에서 수집한 정보를 정리한 보고서는 일본군 대본영 해군부의 공식 발표였다.

미드웨이 제도에서 있었던 해전으로 미군의 항공모함 세

척, 구축함 한 척을 격침했고 그 과정에서 일본 측 피해는 항공모함 한 척이 침몰한 것이 전부이며 해전은 대승을 거두었다.

또한, 이 전투로 알류샨열도는 일본 아군이 완벽히 점령했고, 이로써 일본 제국의 방위 수역이 미합중국의 서해안까지 확장되었다.

이 같은 내용이 담긴 보고서가 올라와 있었다.

그 외에도 지금 일본 내 분위기는 대승으로 인해서 더없이 사기가 올라왔다고 적혀 있었다.

"일본은 미국과의 전쟁에서 승리를 장담하는 것 같군요."

"그렇습니다, 전하. 일본 쪽에서 수집한 보고서만 읽으면 조만간 미국과의 협상 자리를 마련할 것으로 생각됩니다, 전하."

"심 사무는 어느 쪽 보고서를 더 신뢰하나요?"

양쪽에서 서로 다른 주장을 하는 보고서를 보면서 심재원은 어떻게 판단하는지 궁금해 물었다.

"양쪽 다 완벽히 신뢰하지는 않지만, 최소한 양측 모두 항공모함 한 척 이상씩은 침몰했다고 생각합니다. 미국 쪽 보고서를 보시면 아시겠지만, 그 서류는 우리 요원이 미국의 신문기사 등으로 수집한 내용 이외에 세부 내용엔 우리와 협력 관계에 있는 OSS에서 제공해 준 자료도 있습니다. 하지만 조금 비판적인 시각으로 바라보면 일본이 발표한 대로 미국이 패배했다면 일본으로 침투시킬 인원을 훈련하고 있는 지금의 협력 관계가 틀어질 것을 우려해 미국에 유리한 식으로 해석한 자료를 넘겨주었을 가능성도 무시할 수는 없습니다, 전하."

일본 해군의 강력함을 잘 알고 있는 심재원이라 일본 해군의 패배를 확신하지 못하는 것도 충분히 이해가 갔다.

나 또한 조금씩 달라지는 역사로 인해 전쟁의 결과가 달라지지 않으리라는 확신은 하지 못하는 상황이라 미군의 승리를 장담하지는 못했다.

"일본의 보고서와 미국의 보고서는 서로 다른 근거로 보고를 했습니다. 미군 측의 정보가 훨씬 정확한 것은 OSS의 자료를 근거한 것이지만, 정보가 상세하니 일단은 미국 쪽 정보가 더 신뢰가 가는군요. 그리고 해전은 미드웨이에서 일어났는데, 일본 측 발표에는 전투에서 승리했는데도 미드웨이 제도를 점령했다는 말이 없군요. 그들이 자신들의 주장대로 대승을 거뒀다면 점령했을 것으로 생각하는데, 제 생각에는 미군이 승리하였거나 아니면 최소한 양패구상兩敗具傷 정도로 생각되는군요. 그러니까 우리는 미국 쪽의 정보가 사실이라는 것에 조금 더 무게 추를 두고 앞으로 행동하는 것이 좋겠군요."

"제 판단과도 비슷합니다. 저는 양패구상에 훨씬 높은 무게 추를 두고 있었습니다, 전하."

심재원도 내 생각에 동의했다. 그 역시도 일본의 해군이 강력하기는 하지만 일본에서 올라온 보고서가 사실이 아니라고 생각하는 것 같았다.

"좋습니다. 그렇게 판단한 상태로 앞으로의 계획을 수정해 주세요."

"알겠습니다, 전하."

그 외에도 미국에 도착한 아흔 명의 요원들과 미국에서 선발한 대학생들 그리고 유일한 박사까지 101명의 사람이 로스앤젤레스 연안의 산타 카탈리나라는 섬의 비밀 훈련소로 이동했다는 내용도 적혀 있었다.

Independence Korea를 줄여 INDEKO Project, '인데코 작전'이란 이름으로 루스벨트 대통령의 허가를 받아 OSS의 정식 작전으로 진행하고 있다고 적혀 있었다.

그 외에도 미국 북미 대한인국민회에 대한 보고서와 대한인유학생회의 새로운 회장으로 당선된 학생에 대한 보고서도 들어 있었다.

그는 윤홍섭이 후원하는 인물로, 자신들의 부모를 따라 오렌지 농장에서 일하던 사람이었는데 윤홍섭이 지원해 대학교에 갔다고 적혀 있었다.

그리고 영국으로 보낸 정진함 상임통신원도 그곳의 한지윤과 접촉해 사무실을 만들었으며, 한지윤 남편의 도움으로 영국 정부와 접촉을 시작했음을 알려 왔다.

또한 아주 오랜만에 여운형이 보낸 보고서도 포함되어 있었는데, 여운형과 상인연합회에서 전국을 돌면서 확보한 일본군의 주둔 정보와 무장 정도도 적혀 있었다.

그리고 지하동맹에 새롭게 합류한 사람들에 대한 보고서도 들어 있었다.

지하동맹은 한반도 안에서 가장 큰 영향력을 가진 독립운동 단체로 커 가고 있었다.

"대피 계획의 수립이 끝났군요. 가능성은 어느 정도로 보고 있습니까?"

마지막 보고서는 경성 사무소의 독리에게서 온 것으로, 유사시에 내 가족의 안전을 확보하는 것을 골자로 하는 보고서였다.

"우리 쪽에서 먼저 움직이면 9할 9푼 이상은 안전하게 모실 것으로 판단하고 있습니다, 전하."

처음 일본에서 탈출할 때에 가족들에 대한 안전을 걱정했었는데, 나와 함께 시찰을 가는 것은 전례가 없어 불가능했고 내가 경성에서부터 죽음으로 위장해 탈출하는 것 또한 불가능해 절충안을 찾은 것이다. 우선 나만 탈출하고 후에 유사시에는 제국익문사 경성 사무소에서 내 가족의 안전을 확보하기로 말이다.

그리고 그 세부 계획이 이제 완벽하게 준비된 것 같았다.

"그렇다고 지금 움직일 수는 없으니 답답하군요."

"지금 움직이게 되면 전하가 죽지 않았다는 단서를 줄 수 있어서 어쩔 수 없습니다, 전하."

"여기 세부 계획을 보니 강원도의 안가安家로 대피한다고 나와 있는데, 그곳이 어디입니까?"

"저도 정확히는 알지 못하나, 아마도 국새를 숨긴 은퇴한 요원의 집이 아닐까 생각합니다. 정확한 사항은 독리만이 알고 있습니다, 전하."

"먼 길일 텐데 아이들이 버틸 수 있을지 걱정이군요."

경성에서부터 탈출해 강원도까지 가자면 어린 두 아이와 찬주에게는 힘들고 고생스러운 길일 텐데, 그런 길을 가게 해 미안했다.

"유사시가 오지 않으면 좋겠지만, 유사시에는 안전을 위해 어쩔 수 없는 선택입니다, 전하."

"이번에 훈련이 끝나는 요원 중에서 일부를 경성에 배치해 총독부의 동태를 파악하는 데 더 신중을 기해 주세요."

내가 직접 갈 수는 없었기에 내가 할 수 있는 준비를 해 줄 수밖에 없었다.

"알겠습니다, 전하."

심재원의 대답을 듣고 나서 미국으로 보낼 답장을 작성했다.

윤홍섭은 이제 워싱턴 정가에서 대한에 관련해서는 전문가로 분류되었고, 일본과의 전쟁이 한창인 지금 우리가 수집해 보내는 일본군에 대한 정보까지 윤홍섭을 통해 미국 정부로 넘어가 그의 영향력을 키우는 데 많은 도움이 되었다.

“몽양이 보낸 자료는 읽어 보았나요?”

“전하께서 읽어 보시지 않아 아직 확인하지 않았습니다, 전하.”

“이것들을 읽어 보고 미국에 도움이 될 만한 자료를 선별해 미국으로 보낼 편지에 포함해 주세요.”

나는 다 읽은 몽양의 편지와 그가 동봉한 자료를 심재원에게 넘겨주면서 말했다.

“알겠습니다, 전하.”

“아, 아직 미국으로 가는 정기편은 시간이 남아 있으니, 오늘은 일본군에서 구출된 사람들의 신변 확보를 최우선으로 해 주시고요.”

“이미 전하의 말씀대로 최우선으로 하고 있으니 걱정하지 마십시오. 그리고 미국에서 우리 사무소로 자신들의 연락관 한 명을 파견했으면 하고 요청해 왔습니다. 어떻게 하는 것이 좋을지 몰라 일단은 보류한 상태입니다, 전하.”

“연락관을요?”

미국의 요청이 이해가 안 되는 것은 아니었으나, 이 사무소로 출근시키기에는 위험성이 너무나도 컸다.

나에 대한 것도 있었고 우리가 미국과 협력하고 있지만 미국에 알려지면 안 되는 정보들도 많이 다루고 있었다.

우리의 모든 정보가 모이는 이곳에 연락관을 들여놓는 것은 쉽게 허락할 일이 아니었다.

"그렇습니다, 전하."

"그건 안 되고……."

"저도 이곳에 미군의 연락관이 온다는 것은 어불성설이라고 생각하고 있습니다. 그래서 임시정부 근처에 이시영 재무부장을 지원하기 위해 만들어 놓은 사무소에 연락관을 두는 것은 어떨까 생각해 보았습니다, 전하."

성재의 업무를 지원하고 제국익문사와의 연락을 위해 임시정부가 있는 섬에 사무소가 하나 설치되어 있었는데, 그곳에서도 요원 두 명이 활동하면서 임시정부에 대한 정찰과 성재의 업무를 지원하고 있었다.

"그곳에서도 비밀 정보가 많이 오가지 않나요? 급한 일이 있다면 중경에 있는 훈련소로 연락하면 될 것인데 굳이 연락관을 배치하려고 하는 미국의 생각이 무엇인지 궁금하군요."

"그 사무소에서도 많은 정보가 오가기는 하나, 주로 임시정부에 대한 정보라 미군이 알려면 충분히 알 수 있는 정보들입니다. 그리고 연락관을 두겠다는 것은 연락을 하려는 것도 있지만, 제국익문사를 실제로 움직이는 사람이 누군지 알아내기 위한 것으로도 해석하고 있습니다, 전하."

"나에 대한 것이라……. 일단 그것은 비밀로 하고, 우리가 최대한 미국과 협조한다는 인상을 줘야 하니 심 사무의 생각대로 하세요."

미국에는 우리가 많은 것을 양보한다는 인상을 주면 앞으로의 일에 도움이 될 것이었기에 지난번 협상에 이어서 이번에도 미국에 협조한다는 느낌을 주기로 했다.

"그렇게 하겠습니다, 전하."

"그리고 미국에 알릴 정보 중에서 일부는 그 사무소에서 처리하도록 하세요. 연락관이 파견되었는데 그 사무소에서 아무런 정보도 처리가 되지 않는다면, 그들도 이상하게 생각할 것이에요."

"정보를 선별해 진행하겠습니다, 전하."

7장

점심을 먹은 후 심재원은 임시정부의 일을 직접 챙기기 위해 성재를 만나러 갔고, 사무실에는 나와 최지헌 그리고 사무실을 지키는 두 명의 요원만 남아 있었다.

"얼마 전에 장제스가 전선 시찰을 했다고 하던데, 분위기는 어땠는지 알고 있나?"

장제스가 전선 시찰을 했다는 내용이 중국 신문에 적혀 있었기에, 혹시 알고 있나 하고 최지헌에게 물었다.

"부대 안이라 요원이 직접 확인하지는 못했으나, 그곳에 있었던 사람들에게 조사한 바에 따르면 분위기는 좋았다고 합니다. 국민당군이 파벌이 많이 나뉘어 있고 국민당이 민심을 잃었다고는 하나, 아직까지 이 지역에서는 가장 강력한 집단입니다. 그리고 최근 시안에서 일본군의 예봉을 꺾은 것을 계기로 사기가 많이 올라갔다고 합니다, 전하.”

“나름의 환대를 받았나 보군.”

“그렇습니다, 전하.”

최지헌과의 대화를 마치고 다시 서류를 살펴보다 며칠 전 말했던 서류가 보이지 않아 최지헌에게 말했다.

“최 통신원, 캘커타로 떠난 요원에 대한 자료는 어디에 있나?”

한지성과 대화 이후 그를 직접 캘커타로 보내기 위해 조사하니 많은 절차를 거쳐야 한다는 것을 알게 되었다.

처음 김원봉이 파견을 추진했을 때를 알아보니, 임시정부와 중국국민당 외교부, 중국중앙군사위원회 정치부까지 세 개의 기관에서 허가를 받은 뒤에야 파견을 갈 수 있었다.

임시정부라면 몰라도, 중화민국에까지 알리는 것은 꺼려져 결국 해결책을 찾은 것이 제국익문사의 요원이 한지성의 소개서를 들고 찾아가는 것이었다.

이미 영국에서도 외교적인 작업을 시작했고, 캘커타에서의 일에 모두 거는 것이 아니었다.

접촉을 시도해 보고 성공하면 좋고 실패하더라도 우리에 대해서 알리면 영국에서의 일에 도움이 된다는 판단으로 캘커타로 제국익문사의 요원을 파견했다.

“그 자료는 정진함 통신원의 자료 뒤에 붙어 있습니다, 전하.”

최지헌의 말대로 영국과의 협상 보고서 가장 뒤쪽에 붙어 있었다.

그곳에는 요원이 캘커타로 가는 방법에 대한 계획과 어떤 자료를 가지고 가는지가 적혀 있었다.

“엄청나게 먼 길이군. 인도로 가는 비행기는 없나?”

중경에서 청두시까지는 차로 이동하지만, 그곳에서부터 티베트의 수도인 라싸까지는 제대로 된 차도가 없고, 버스 편도 없어 말을 이용해서 이동한다고 적혀 있었다.

그래도 라싸에서부터 캘커타까지는 다시 차를 이용해서 간다고 적혀 있었다.

캘커타로 가기 위해서는 히말라야 남쪽을 지나는 것이 빠르나 지금 그곳은 동인도의 영국군과 버마의 일본군이 가장 치열하게 싸우는 전쟁터였다.

그래서 히말라야 남쪽이 아닌 북쪽의 티베트로 돌아 뉴델리를 거쳐 캘커타로 갈 수밖에 없었다.

그런데 지금의 인도와 중화민국은 같은 연합국인 상황이라 교류가 있을 것인데 걸어간다는 게 이상해 물었다.

“없지는 않습니다. 단지 민간이 이용 가능한 정기편은 없고, 중화민국과 동인도의 영국 총독부와 연락을 위한 군사편만 있어 지금은 이용하기가 힘듭니다. 그래도 미국의 도움으로 티베트의 수도인 라싸에서부터는 영국군의 이동 편을 이용할 수 있어 예정보다는 빨리 갈 수 있을 것입니다, 전하."

중화민국에 비밀로 하겠다는 나의 판단에 따른 것이었지만, 그것 때문에 수천 킬로미터를 걸어가야 할 제국익문사 요원에게 미안한 마음이 들었다.

"미국이?"

"영국으로 파견 간 정진함 상임통신원의 일을 OSS가 알고 있고, 그들도 우리가 인도의 영국군과 접촉하려고 한다는 것을 알게 돼 도움을 주었습니다, 전하."

"음……. 뭐 연합국의 일원이 되기 위한 노력이라는 것을 그들도 잘 알고 있으니 큰일은 없겠지. 알겠네."

우리가 영국과 접촉하고 있다는 것은 비밀까지는 아니었으나, 여기저기 알릴 만한 일도 아니었다.

하지만 미국은 우리가 영국과 접촉하는 걸 알고 있으니 그렇다면 이용하는 게 맞았다.

여러 서류를 살펴보고 있을 때, 임시정부에 갔었던 심재원이 몇 명의 요원과 함께 사무실로 돌아왔다.

"어떻게 됐습니까?"

"협의서에 서명을 받았습니다, 전하. 그리고 준비해 놓았던 차량을 보냈으니, 지금쯤이면 도착했을 것입니다. 그리고 그들은 곧장 우리 사의 마을로 이동할 것입니다. 전하께서 빠르게 진행하라고 하셔서 제가 먼저 실행한 이후에 보고드립니다, 전하."

"괜찮아요. 이미 내 뜻은 심 사무에게 분명히 전달했었고, 앞으로도 나와 교감이 있었던 일이라면 조치한 이후에 보고하세요."

"말씀대로 하겠습니다, 전하."

급한 일이 끝나고 미국으로 보내는 편지를 부친 뒤에는 며칠간 별다른 일 없이 지나갔다.

일본에게서 구출된 사람들이 제국익문사의 가족이 사는 마을로 이동하고 나서 일주일이 지났을 때, 심재원이 보고서 하나를 가지고 왔다.

"일전에 말씀하셨던 것에 관한 조사가 끝나 보고서를 가지고 왔습니다, 전하."

심재원에게 지시한 사항이 너무나 많아서 무언인지 알아보기 위해 그가 준 보고서를 받아 보았다.

보고서에는 여러 명의 이름이 적혀 있었다. 그리고 그들이 어떤 연유로 구출된 인원을 임시정부에서 우리 쪽으로 넘기는 것에 반대했는지가 상세히 적혀 있었다.

"앞쪽의 사람들은 처음부터 임시정부에서 수용해야 한다고 주장했던 사람인가요?"

"그렇습니다. 그리고 뒷장의 인물들은 보고서에도 나와

있지만, 이영길 의원을 중심으로 모인 사람들입니다. 그들은 처음부터 성재의 정치적 영향력에 대해서 견제했고, 이번 건에서도 처음에는 임시정부의 재정 상태를 들어 구출된 사람들의 보호를 반대하다 제국익문사에서 보호한다고 제안한 이후 태도를 바꿔 임시정부에서 받아들여야 한다고 주장한 사람들입니다. 반대한 인물 중 몇 명은 이영길 의원 쪽에서 설득해 반대했습니다. 문제는 그들이 제 뜻이 아닌 이영길 의원과 금전적 거래를 한 것으로 파악되었다는 점입니다, 전하."

심재원의 말대로 뒷장에는 이영길이란 사람을 비롯한 여러 사람들에 대해서 적혀 있었다.

이영길은 경기 지역의 지역구 의원으로 당선된 사람으로, 1919년에 임시정부가 만들어질 때 참여했다.

후에 상해에서 임시정부의 활동이 위축되고 자금이 모자라 임시정부가 어려워지자 미국으로 건너갔다.

이후 미국에서 활동하다 1938년도에 다시 임시정부로 돌아와서 활동하는 인물이었다.

"이영길에 대해서는 짧은 기간인데 깊이 조사했네요."

다른 인물보다 이영길에 관한 조사 결과는 상세하게 나와 있어 그가 이전부터 주시하고 있었던 인물인지 궁금해서 물었다.

"지금 임시정부 내에서 성재와 김구 주석의 세력 이외에

제3세력에서 지도자 격으로 분류되는 사람이라 이전부터 조사했던 것이 있었습니다. 특히, 미국에서 활동할 때 북미 대한인국민회에서 활동해 그곳에서 넘겨받은 자료도 있어 비교적 상세하게 조사할 수 있었습니다, 전하."

"그렇군요……. 그런데 금전적 거래라고요? 증거가 있나요?"

"두 명에 대해서는 확실한 물증을 잡았으나, 다른 인물에 대해서는 정황적 증거가 있을 뿐 물증은 아직 잡지 못했습니다, 전하."

"그렇다면 그들은 자신의 주장이 아니라, 돈을 받고 나서 그 돈값을 하기 위해 임시정부에서 수용해야 한다고 주장했다는 건가요?"

"그렇습니다, 전하."

"지금 임시 헌법 중에서 돈을 받고 활동하면 안 된다는 조항이 있나요?"

이들이 자신의 소신이 아닌 돈을 받고 한 행동이지만, 내가 이들에게 보복 조치를 하면 개인적인 보복밖에 되지 않았다.

지금 임시정부가 정식 국가는 아니지만, 되도록 합법적인 선에서 정당하게 처리하고 싶어 심재원에게 물었다.

"말씀하실 것 같아 해당 조항이 있나 조사해 봤습니다. 의정원 의원의 입법 활동과 관련된 헌법 조항 중에서 적용할 만한 조항을 찾았습니다. '의정원의 의원은 자신이 소속된 지역의 대표로 선출되었으므로 입법 활동을 비롯한 모든 의정원의 활동에서 자신 지역구의 인민의 의견에 따라 활동하고, 그 외의 개인적인 청탁이나 지역구 인민의 이익에 반하는 입법 활동을 하면 안 된다. 해당 사항이 적발될 경우 세부 조항에 따라 처벌한다.'라는 조항이 있습니다. 이 조항에 대한 처벌 사항이 적힌 세부 조항은……."

심재원은 임시 헌법에서 적용 가능한 모든 것을 내게 말하려는 것 같아 그들의 처벌까지 내가 굳이 들을 필요는 없어 그의 말을 끊고 말했다.

"알겠습니다. 처벌이 가능하다는 것이니, 이 내용은 그들이 처벌받을 수 있도록 알아서 진행하세요."

"그대로 실행하겠습니다. 그럼 자기 뜻으로 반대한 사람들에 대해서는 어떻게 하는 것이 좋겠습니까?"

"내버려 두세요."

"송구하지만, 다시 한 번 말씀해 주시겠습니까?"

심재원은 내 대답이 이상했는지 놀라면서 되물었다.

"그들이 한 일은 임시정부에서 정한 불법이 아니잖아요. 그들 나름대로 정의라고 생각하는 일을 한 것인데 우리가 나설 일은 아니지요."

심재원은 내 말을 듣고 한참을 망설이더니 2층 사무실에 있던 모든 요원을 내보냈다.

그가 내게 무엇을 말하고 싶어 하는지 짐작되어 그런 그의 조치를 잠시 기다려 줬다.

"……하지만 전하께 반기를 들었던 사람들이지 않습니까, 전하."

심재원은 2층에 나와 단둘이 남고 나서 내 대답이 자신의 상식에는 맞지 않는다고 생각한 것인지 내게 말했다.

"나는 우리 제국의 정치 형태를 민주주의와 법치주의를 근간으로 하는 입헌군주국으로 정했습니다. 이 부분에 대해서는 제국익문사에서도 동의한 부분이지 않나요?"

"그, 그렇습니다. 하오나 전하."

심재원은 내 말에도 이해가 가지 않는다는 표정으로 더 말하려고 했다.

"내가 생각하는 입헌군주국은 법이 근간인 나라입니다. 지금의 임시정부 헌법 중에서 군주의 뜻에 반했다는 이유로 처벌하는 법이 있나요? 없겠죠. 지금 임시정부의 헌법은 입헌군주국의 헌법으로 완벽하게 변한 상황도 아니고, 아직 정비가 많이 필요하니까요. 그리고 군주의 뜻이 잘못되었다면 잘못되었다고 말해야지요. 우리는 입헌군주국이에요. 옛 대한제국 같은 전제군주국이 아닙니다. 그리고 그들은 임시정부의 의정원 소속이니, 그들에 대한 처벌은 임시정부 헌법 안에서 찾아야 합니다."

내 뜻에 반했다는 이유로 그들에게 정치 보복을 할 생각도, 그들에게 불이익을 줄 생각도 없었다.

그들이 주장했던 임시정부에서의 수용도 맞는 말 중의 하나였다. 그러니 자신의 신념으로 반대한 의원들에 대해서는 어떤 조치도 하면 안 된다고 생각했다.

"……알겠습니다, 전하."

"물론 지금은 전쟁 중이고 지금 우리가 하고 있는 일 중에서 불법적인 것도 있다는 점을 잘 알고 있습니다. 하지만 임시정부의 일에 대해서는 가능하면 임시정부의 임시 헌법을 지켜 주는 것이 더 우리의 행동에 정당성을 부여해 준다고 생각해요."

"전하의 뜻대로 하겠습니다, 전하."

심재원은 내 뜻이 확고하다고 생각한 것인지 내 뜻에 따르기로 했다.

그러다 심재원은 내게 물어볼 것이 떠올랐는지 이어서 질문을 했다.

"하면 이영길 의원에 대해서는 어떻게 하는 것이 좋겠습니까, 전하?"

"임시정부의 헌법대로 하면 되겠지요. 금품을 제공한 자에 관한 처벌 조항은 없나요?"

"처벌 조항이 있기는 하나 그리 강하지 않아서 그가 처벌받는다 해도 다른 사람들과는 다르게 의정원의 의원직을 유지할 것입니다, 전하."

금품을 수수한 자보다는 제공한 자에게 더 많은 처벌을 해야 할 것으로 느껴졌는데, 지금 임시정부의 헌법은 그렇지 않아 심재원이 내게 우려 섞인 목소리로 물어보는 것 같았다.

"임시정부의 헌법에 따라 처벌하고, 의정원 의원직이 상실되지 않는다면 그것 또한 임시정부의 헌법에 따른 것이니 그대로 두세요. 그리고 그가 의정원에 있다고 해도 지금의 임시정부에서는 우리의 모든 뜻을 다 관철할 수 있으니, 우리의 뜻에 반대한다는 이유만으로 너무 압박하지는 마세요. 궁지에 몰린 쥐는 고양이를 무는 법입니다."

"알겠습니다, 전하."

"앞에도 말했지만, 임시정부의 헌법에 반하는 행동을 했다면 임시정부 안에서 해결할 수 있게 하는 게 가장 좋은 방법이에요. 앞으로는 그렇게 해 주세요. 우리가 조사는 하겠지만, 굳이 그들의 처벌에까지 관여할 이유는 없습니다. 물론 우리나라의 미래에 현격하게 위험이 된다면 다르겠지만요."

심재원도 내가 하는 말의 뜻을 알아들었는지 대답한 이후 요원들을 사무실로 들어오게 하고 자기 일을 했다.

❧

의정원의 일을 정리하고 나서 며칠이 지나자 정기 보고를 위해서 찾아온 성재는 평소보다 많은 서류를 가지고 왔다.

많은 양 때문인지 그의 비서인 최경현이 가지고 와 탁자 위에 올려놓고 나갔다.

"오늘은 서류가 많군요. 지난번에도 양이 상당했던 것 같은데 점점 많아지는 것 같아요."

"그만큼 임시정부의 많은 부분에서 전하의 도움을 필요로 한다는 증거입니다, 전하."

"별로 기쁘지는 않군요. 임시정부에 제국익문사나 나에게 많이 의지한다는 것은 바람직해 보이지 않아요."

어느 면에서는 내가 유도한 부분도 있어 모순이 있는 말이었지만, 바람직하게 느껴지지 않는 건 어쩔 수 없었다.

성재도 그 부분을 잘 알고 있는지 웃음으로 대답을 대신했다.

"이번에 보내 주신 의정원에 대한 일의 처리 결과까지 있어서 더 서류가 많아졌습니다, 전하."

"그 부분은 제게 따로 보고하지 않아도 되는데요."

"그래도 처리 결과는 알려 드려야 할 것 같아서 가지고 왔습니다, 전하."

성재는 가지고 온 서류를 하나씩 보여 주며 내 의견을 구해야 하는 일은 구하고, 내게 알려 주어야 할 일들은 알려 주었다.

1시간을 조금 넘게 대화를 하고 나니 어느 정도 대화가 끝났다.

업무와 관련된 대화가 끝나고 나서 성재는 서류를 정리하다가 문득 생각난 듯 나를 보며 말했다.

"한 가지만 질문드려도 되겠습니까, 전하?"

"말하세요."

"혹시 의정원에 관심을 두시는 것은 다음 선거를 염두에 두셨기 때문입니까, 전하?"

"관여를 하지 않는다는 것은 거짓말일 테고, 몇몇 후보에 대해서는 관여할 생각입니다. 우리 쪽에 호의적인 의원과 국무위원이 있다면 나와 성재 우리 둘 다 일하기가 편해지지 않겠어요?"

이미 관여를 하기 위해 제국익문사가 어떤 인물이 괜찮은지 알아보는 중이었고, 출마할 것이라 예상되는 인물들에 관한 조사도 함께 시작한 상황이었다.

"그렇습니다, 전하. 그런 부분도 있지만 사실 제가 이런 말씀을 드린 이유는, 이번 선거에서 제국익문사가 후보들의 비리나 일본과의 관계에 대해서 검증해 주시는 것은 어떤가 하고 생각해 보았기 때문입니다. 이것은 제 뜻만이 아닌 김구 주석의 뜻도 함께 있습니다. 이번 이영길 의원의 일이야 자신의 이익을 위한 것이라 다행이었지, 만약 그가 자신의 이익을 위해 일본에 정보를 팔거나 했으면 얼마나 끔찍할지 짐작도 되지 않습니다."

만약을 가정한 것이지만 실제로 1930년대부터 40년대 사이에 밀정의 숫자는 엄청났고, 1919년부터 혈기에 일어났던 사람 중에서 독립할 수 없다고 단념하고 일본으로 돌아서 일본 쪽으로 붙은 사람도 많았다.

그래서 성재와 김구 주석이 걱정하는 것이 무엇인지 잘 알고 있었다.

"임시정부에도 경무국 아래에 감찰 부서가 있지 않나요?"

제국익문사는 외부 인사다. 우리가 임시정부의 많은 인사에 대해서 감찰을 하고 있지만, 그 내용을 임시정부에서 활용하는 것은 다른 문제였다.

"감찰부가 있지만, 제국익문사에 비하면 능력과 직원의 숫자가 부족한 상황입니다. 그래서 김구 주석과 지청천 사령관, 김원봉 부사령관이 밀정을 적발을 위한 회의를 하면서 제국익문사에 대한 이야기가 나왔습니다. 감찰 능력에서는 지금의 임시정부와는 비교가 되지 않으니, 제국익문사에 의뢰해 하는 것이 좋다고 이야기를 했습니다, 전하."

"임시정부의 공식적인 제안인가요? 그렇다면 우리에게 수사권을 주겠다는 건가요?"

"필요하시다면 제가 제국익문사에 수사권을 부여할 수 있게 협상하겠습니다, 전하."

이 부분은 많은 문제가 걸려 있는 것이었다.

제국익문사가 수사권을 부여받으면 좋은 부분도 많겠지만, 우리가 임시정부에 공개해야 하는 부분도 많았다.

그리고 가장 고민이 되는 부분은 수사권을 받음으로써 제국익문사가 임시정부의 소속 단체처럼 보일 수도 있다는 점이었다.

"일단 그 부분은 조금 더 상의를 해 봐야겠군요."

"하면 일단 협상은 보류하는 것이 나을 것으로 판단하십니까?"

성재는 내가 당연하게 허락할 것이라고 봤었는지 내가 부정적으로 나오자 눈에 띄게 당황하며 물어 왔다.

"이 부분은 함께 논의하는 것이 좋을 것 같으니, 잠시 기다리세요."

심재원과 따로 논의하는 것이 아니라 성재와 함께 논의하기 위해 그를 자리에 앉혀 놓고, 문밖으로 나가 최경현과 함께 앉아 있던 심재원을 불러들였다.

심재원이 들어오자 우리 세 명은 탁자에 둘러앉았다.

"성재가 이번 선거에서 제국익문사의 역할에 대해 요청해 온 게 있습니다. 성재가 설명해 주세요."

"알겠습니다, 전하."

성재는 내 말에 내게 했던 말을 똑같이 심재원에게 알려 주었다.

설명을 다 듣고 나자 심재원이 조심스럽게 이야기했다.

"저…… 실례지만 좋은 제안인 것 같은데 전하께서 망설이시는 이유를 알 수 있겠습니까, 전하?"

"내가 망설인 것은 두 부분 때문이에요. 첫째는 감찰 보고서를 올리게 되면 성재에게는 미안하지만, 임시정부에서 우리의 전력에 대해서 파악할 기회를 주는 것이에요. 솔직히 제국익문사는 내가 숨겨 놓은 패 중에서 가장 좋은 패이니, 되도록 아끼고 싶군요. 그리고 두 번째는 임시정부가 제국익문사에 수사권을 부여하게 되는 것은 반대로 이야기하면 제국익문사가 임시정부의 수사기관으로 보일 가능성이 높다는 거예요."

두 사람은 내가 무엇 때문에 고민하는지 알게 되자 내 뜻에 동의한다는 듯 고개를 끄덕이면서 생각에 잠겼다.

"미처 생각하지 못했었던 부분인데, 김구 주석이 노린 노림수는 아마도 이것이 아니었을까 생각됩니다, 전하."

성재가 내 말을 듣고 잠시 고민에 빠졌다가 내게 말했다.

"그가 노리고 한 것인지는 모르겠으나, 분명 우려가 되는 부분이라 지적한 거예요."

"전하, 그러시면 이렇게 하시는 것은 어떻습니까? 제가 생각하기에 전하께서는 제국익문사가 임시정부의 기관으로 소속되는 것을 가장 우려하시는 것 같습니다. 그렇다면 우리 제국익문사가 지금까지 해 왔던 임시정부의 인원에 대한 감찰은 수사권이 없이도 해 왔던 것입니다. 정상적인 국가에서라면 정부 기관이 아닌 곳에서 수사한다는 것 자체가 말이 안 되지만, 지금 임시정부는 우리도 정부로 인정했으나 엄연히 '임시'라는 약칭이 붙은 정부로 정식 정부는 아닙니다. 그러니 따로 수사권을 부여받지 않은 채 감찰하고, 그 보고서는 이시영 재무부장님을 통해 임시정부의 감찰부서로 투서 형태로 넘긴 뒤 그들이 결정하도록 하는 것입니다, 전하."

심재원의 제안은 상당히 괜찮아 보였다.

"성재는 어떻게 생각하시나요?"

성재가 지금은 넓은 인맥을 바탕으로 임시정부의 재정을 책임지는 일을 하고 있지만, 그는 임시정부의 헌법을 만드는 데에도 참여했던 법학 관련 전문가다.

그래서 이게 임시정부의 헌법에서 문제가 될 만한 소지가 있는지 물은 것이다.

"나쁘지는 않아 보입니다. 수사권에 관한 조항은 있지만, 인신 구속을 제외한 조사에 대해서는 특별한 규정이 없습니다. 실제 그렇기 때문에 김구 주석이 당수로 있는 한국독립당에도 독립당 내에 밀정을 찾아내는 감찰 부서가 존속하고 있습니다. 그들도 수사권은 없어서, 정황을 포착한 이후 조사하여서 실질적인 구속이나 수사는 자료를 감찰부에 투서하는 식으로 진행하고 있습니다. 그래서 심재원 사무의 제안은 크게 문제 될 것 같지는 않습니다."

"좋습니다. 그러면 그 부분은 성재께서 김구 주석에게 알려 주세요. 제국익문사가 임시정부의 소속으로 지휘받는 일은 없다고 못 박아 주시고요."

김구 주석이 제국익문사를 임시정부 안으로 끌어오려고 생각했던 것인지는 알 수 없으나, 미리 선제적으로 막을 필요가 있어 보여 성재에게 강조해서 말했다.

"알겠습니다, 전하."

"그리고 재무부장님에게 드릴 말씀이 있는데, 드려도 되겠습니까?"

심재원은 말을 하면서 성재가 아닌 나를 보면서 허락을 구했다.

내가 고개를 끄덕이는 것으로 대답하자 성재도 심재원에게 말했다.

"말씀해 주세요."

"혹시 지금은 한국독립당의 중앙집행위원이자 임시정부의 고문으로 있으신 홍진 전 내무부장을 잘 아십니까?"

서류를 살펴보면서 본 적이 있어서 나도 알고 있는 인물이었다.

대한제국 시절 법관 양성소를 나와 판사와 검사직을 거치고, 경술국치 이후 공직을 버리고 변호사로서 독립운동가들의 변호를 위해 노력했던 사람이었다.

우리와는 인연은 많았지만 아직은 직접 우리와 관련이 있었던 사람은 아니었다.

그가 지금 의정원의 의원이었으면 접촉했겠지만 내무부장을 사임하고 나서는 야인으로 지내고 있는 사람이라 아직 접촉하지는 않았다.

"만오 홍진을 이야기하는 것이라면 잘 알고 있지요. 나와 헌법을 만드는 작업도 함께 했었고 상해 임정 시절 힘든 시기를 함께 헤쳐 나온 사람이니 잘 알고 있습니다. 성품이 올곧고 강직하며 나라에 대한 애정도 많은 사람입니다. 그리고 그는 임시정부에 일하는 사람 중 몇 안 되게 대한제국에서 고위직에 있었던 사람으로, 같은 부서는 아니었지만 그런 공통점 덕분에 자주 만났지요. 나보다 나이는 한참 어리지만, 친한 친우 사이입니다."

그가 임시정부에서 했던 일에 대해서는 서류를 통해 비교적 잘 알고 있었으나 성재와 친하다는 것은 몰랐다.

이 시절에 판사와 검사가 어느 정도의 고위직인지 가늠이 가지 않아 물었다.

"대한제국에서 고위직에 있었다고요?"

"조완구 내무부장이나 조성환 군무부장 같은 사람들은 대한제국에서 일하기는 했으나, 그들은 정부로 들어온 지 얼마 되지 않아 일제에 국권 피탈을 당해 내무부 주사나 하급 군관에서 직을 그만두었습니다. 반면 만오는 대한제국의 법관양성소를 졸업한 수재로, 대한제국에서 한성 평리원 판사와 충청 검찰청 검사를 지냈던 인물입니다. 한성 평리원 판사의 경우에는 내무부의 국장급과 같은 대우를 받으니, 상당한 고위직입니다, 전하."

"그렇군요. 그런데 심 사무는 그 사람은 왜 언급하는 것이지요?"

현대에서도 판사는 임용만 되면 평판사라도 상당한 고위직 공무원으로 분류되니 이 시대에도 비슷한 정도로 보였다.

한데 그 지나간 사람에 대한 말이 나오는 이유가 궁금해서 심재원에게 물었다.

"전하와 황실에 긍정적인 분이라면 그분에게 접촉해 다음 의정원의 의장으로 추대하는 것이 어떨까 해서 여쭤 보았습니다. 우리가 생각하고 있는 의원과도 친하시고, 지금 임시정부의 고문과 한국독립당의 중앙집행위원장을 하실 정도로 지지 기반이 확고하지요. 또 다음 국무위원으로 들어갈 것으로 예상하는 김규식과 여기 계신 재무부장님과도 친분이 있어 의정원의 의장으로 가장 적임자가 아닌가 판단해 여쭸습니다, 전하."

"음……. 성재의 생각은 어떤가요?"

이 부분은 제국익문사에서 작성한 많은 서류를 검토해 나온 결과일 것이니 성재가 반대하지만 않는다면 그대로 하려고 물었다.

"평소 대한제국에 대한 그리움과 대한인에 의한 나라가 만들어져야 한다고 생각하는 사람이니, 크게 우리의 노선과 벗어나지 않을 거라 나쁘지 않다고 생각합니다. 제가 한번 그의 의중을 확인해 보겠습니다, 전하."

"그가 긍정적으로 나온다면 후에 한번 나와 만날 수 있는 자리를 마련하세요. 그래도 다음 의정원 의장이 될 사람인데, 직접 만나 봐야 할 것 같네요."

"그에게 의중을 물어본 후 하겠다고 하면 약속을 잡아 알려 드리겠습니다, 전하."

"그래요."

처음 회의를 할 때는 1시간 정도면 끝이 날 것으로 생각했는데, 심재원이 들어오고 나서도 다시 1시간 가까이 대화해 결국은 또 늦은 저녁을 해야 하는 시간이 되었다.

"이상하게 성재가 오는 날은 계속해서 늦은 저녁을 먹게 되는 것 같군요. 시간이 늦었으니, 성재도 저녁을 함께 먹고 가세요."

"감사합니다, 전하."

대화가 끝나자 심재원이 나가서 제국익문사 요원과 최경현을 불러왔고, 그들은 내가 봤던 서류와 성재가 가지고 온 서류를 분리해서 정리했다.

얼마 지나지 않아 정리가 끝났고, 사무실을 지키는 요원을 제외하고는 최경현도 함께 숙소의 식당으로 갔다.

다음 날 임시정부에서 우리의 제안에 대해 동의했음을 알려 왔다.

몇 가지 조건이 붙었는데 그중에서 가장 중요한 부분은 최초에 임시정부에서 제안했던 수사권을 부여받는 것이 아닌 우리 쪽 제안으로 하기 위해서는 우리가 조사한다는 것 자체를 비밀로 유지해야 된다는 것이었다.

이 부분은 우리도 원했던 것이라 크게 이견 없이 동의하기로 했다.

얼마 지나지 않아 임시정부 감찰부에서 수집한 자료들이 넘어오기 시작했다.

"양이 엄청나군."

점심을 먹고 돌아온 제국익문사 1층 사무실의 탁자 위에 엄청난 양의 서류가 쌓여 있었다.

"감찰부에서 의정원에 출마 가능성이 있는 인물들에 대한 자료를 한 번에 보내와서 그렇습니다, 전하."

나보다 일찍 점심을 먹고 와 서류를 정리하고 있던 요원이 내 감탄사에 대답했다.

"감찰부의 사람은 벌써 돌아갔나?"

"감찰부에서는 오지 않았습니다. 이 짐들은 최경현 비서와 임시정부 파견 사무소의 요원이 함께 가지고 왔습니다, 전하."

임시정부의 감찰부 정도라면 이곳이 제국익문사의 사무소라는 것을 모르지 않을 것인데 예의를 지키는 것인지 직접 오지는 않았다.

"최경현이 다른 말은 없던가?"

"딱히 없었습니다. 서류만 전해 주고 돌아갔습니다, 전하."

홍진 중앙집행위원장에 대한 이야기는 없는가 궁금해서 물었는데, 아직 성재가 그와 접촉하지 못했거나 확답을 못 들은 것 같았다.

"전하 보고서입니다."

2층으로 올라가 자리에 앉으니, 심재원이 다가와 보고 서류 한 장을 가지고 왔다.

그 서류의 한쪽 귀퉁이를 잡고 있는 심재원의 손에는 작은 쪽지 한 장이 숨겨져 있었는데, 그는 내게 보고서와 함께 그 쪽지를 살짝 내려놓고 자신의 자리로 돌아갔다.

승냥이가 먹이를 물고 우리를 탈출했습니다.

짧은 문장이었지만 내용은 충분히 알 수 있었다.

사무소 내에서는 굳이 암호문을 사용하는 일이 없었다. 그런데 심재원이 다른 요원들도 못 보도록 신중히 처리하면서 내게 편지를 넘겨줄 만한 일은 딱 하나밖에 없었다.

일본을 향해서 띄운 우리의 폭탄이 독일을 거쳐, 미국과 소련에 떨어질 것이었다.

그 첫 단추가 끼워졌다고 내게 보고하는 것으로 느껴졌다.

서로 암호문을 맞추거나 하지는 않았지만, 이 정도 내용은 충분히 짐작이 갔다.

그 종이를 촛불에 가져가 태워 없앴다. 그리고 심재원이 가지고 온 보고서를 펼쳤다.

보고서는 미국의 윤홍섭에게서 온 것으로, 미국에서 오는 보고서는 보통 OSS와 군사 관련 내용은 유일한이, 미국 정치와 북미 대한인국민회 관련된 정보는 윤홍섭이 보내왔었다.

그런데 유일한이 산타 카탈리나 섬으로 OSS의 훈련을 받으러 들어간 이후 미국에서의 모든 보고 사항을 윤홍섭이 보내고 있었다.

전하, OSS에서 진행 중인 훈련 결과에 대해 관계자들이 감탄하고 있습니다.

자신들의 군대와 비교해도 상당히 고도로 훈련된 요원들이라고 감탄하며 이대로라면 43년이 되기 전에 본격적으로 국내로 투입할 수 있을 것 같다고 기뻐했습니다.

그리고 전하께서 요청했던 소련에서의 광무군 주둔은 연해주沿海州의 블라디보스토크 지역에 땅을 조차租借해 주기로 협정을 맺었습니다.

아직은 우리가 연합국의 일원으로 인정받지 못해 소련과의 직접 조차는 불가능하답니다.

그래서 미국에서 소련 정부로부터 조차를 받아 그것을 다시 우리 대한인국민회에 임대해 주는 방식으로 진행하기로 했습니다.

또한……

윤홍섭이 보내온 보고서에는 내가 기다리고 있던 내용이 쓰여 있었다.

광무군은 지금 러시아와 만주국의 국경에 숨어 훈련을 받는 상태라 신경이 쓰였는데, 드디어 그 문제가 해결되는 것 같았다.

편지를 다 읽고 나서 바로 심재원을 불렀다.

"심 사무, 소련에서 우리 군 주둔이 해결되었네요. 일단 확인한 뒤 광무군에도 편지를 보내 주고, OSS에도 소련에서 광무군에 훈련 교관을 파견해 줄 수 있는지 다시 확인해 주세요."

"확인해 조치하겠습니다, 전하."

굵직한 일들을 처리하고 나서 중경 임시정부에서 가지고 있는 전쟁과 한반도, 일본에 대한 자료를 대부분 검토하고 나자 내가 사무실에서 할 일이 거의 없었다.

아침에 출근해 각 지역에서 올라오는 보고서를 확인하고, 심재원에게 앞으로 진행할 방향을 잡아 주는 정도였다.

며칠이 지나자 이시영을 통해 홍진 중앙집행위원장과의 약속을 잡았고, 그를 만나기 위해 임시정부 근처의 그의 집으로 갔다.

나무로 지어진 3층 건물 앞에 차가 멈춰 서자 그곳에는 최경현이 건물 앞에서 나를 기다리고 있었다.

"이곳인가요?"

"그렇습니다. 이 건물 3층입니다, 전하."

내 질문에 나를 기다 다리고 있던 이시영이 대답했다.

그의 안내를 따라 건물 안으로 들어가자 한 명이 겨우 지날 수 있는 가파른 나무 계단이 나타났다.

삐걱거리는 소리와 함께 걸어 올라가자 작은 문 하나와 위로 올라가는 계단이 보였다. 다시 3층으로 올라가는 계단으로 걸어 올라갔다.

마지막 층인 3층에도 2층에서와 같은 작은 문이 나왔다.

김구 주석이라면 천장이 낮아 이미 계단을 오를 때부터 고생하고, 계단에서 복도로 통하는 문도 허리를 숙이고 들어가야 하는 수준이었다.

물론 나는 계단이 가파른 것을 제외하고는 특별히 힘들이지 않고 올라올 수 있었다.

안으로 들어가자 복도식 아파트처럼 생긴 복도가 나타났고, 복도에는 세 개의 문이 있었다. 그리고 그 중간의 방문 앞에 한 사람이 나와 나를 기다리고 있었다.

포마드를 발라 곱게 넘긴 머리와 동그란 모양의 검은색 테가 인상적인 사람이 나를 기다리고 있었다.

"어서 오십시오, 전하."

그는 이시영과 함께 올라오는 나를 발견하자마자 웃으며 인사했다.

오늘의 약속은 분명 제국익문사를 대표해 온 자리였다. 이시영이 이끄는 임시정부의 정치단체 제국익문사의 한 사람으로 대화하기 위해 온 것인데 나에게 '전하'라는 호칭으로 인사하는 것이 이상해 이시영을 바라보자, 그도 영문을 모르겠다는 표정을 짓다가 홍진에게 물었다.

"자네가 어떻게……?"

"일단 안으로 들어가시지요. 복도에서 할 이야기는 아닌 것 같습니다, 전하."

홍진은 이시영의 의문을 뒤로하고 내게 말했다.

"들어가지요."

내 말을 들은 두 사람은 방 안으로 들어갔고, 나도 따라 들어갔다.

방은 내 숙소의 방보다 조금 크긴 했으나, 큰 차이는 없었다.

침대 하나, 탁자 하나 그리고 한쪽의 옷장과 책장이 가재도구의 전부였다.

내가 방 안으로 들어가자 나를 따라온 최지헌은 방 안의 크기가 작은 것을 보고는 방 밖에서 문을 닫았다.

"누추하지만 이쪽으로 앉으십시오, 전하."

"내 숙소와 비슷하니 신경 쓰지 마세요. 일단 성재께서 저에 대해 말하신 건가요?"

"아닙니다, 전하. 나는 제국익문사에서 선거를 도와주기 위해 대화할 사람이 온다고만 전했었는데, 홍진 자네가 어떻게 전하를 알고 있는 것인가?"

홍진은 이시영의 웃음에 미소 짓고는 자신의 품속에서 서류 한 장을 꺼내며 대답했다.

"황실과 연결된 것이 임시정부의 자네만 있는 것은 아닐세. 전하, 제가 직접 찾아갈 수는 없어서 저를 찾아 주시기만 기다리고 있었습니다. 이것은 만오 전하께서 제게 보내신 편지입니다, 전하."

그의 말을 듣자 만오晩悟라는 호를 쓰는 다른 인물이 떠올랐다.

그리고 그의 말을 증명하듯 그가 내려놓은 편지의 끝에는 대한제국의 오얏꽃 문장보다 꽃잎이 다섯 개 더 그려져 있는 사동궁 오얏꽃 문장이 선명히 찍혀 있었다.

만오라는 호와 그 문장이 뜻하는 바는 나도 잘 알고 있었기에 처음의 놀란 마음과는 다르게 웃으면서 그를 바라보며 말했다.

"아버지이시군요."

"제가 변호사를 하던 시절부터 교류를 해 왔습니다. 제 만오라는 호 역시…… 상해로 오시려다 실패하신 이후 제게 보내오신 편지에서 의친왕 전하의 호를 제가 쓰셨으면 좋겠다고 하셨습니다. 임시정부에 본인이 오시지는 못하지만, 본인의 뜻을 이어 가는 사람이 있었으면 좋겠다고 말씀하셔서 지금까지 만오를 감사히 사용하고 있습니다, 전하."

내가 대한제국의 황실로는 처음 걸어가는 길이라고 생각했었는데, 이미 아버지 의친왕은 내가 간 길을 앞서서 걸어갔던 사람이었다.

"자네가 호가 아닌 가명으로 활동하는 이유도 거기에 있었나?"

홍진은 다른 대한인들이 보통 호를 소개하는 것과는 다르게 이름으로 불리고 있었다.

나는 그것을 특별히 이상하다고 생각해 본 적은 없었는데, 이시영은 평소 이상하게 생각했던 것인지 물었다.

"그러네. 전하, 제 본래의 이름은 홍면희洪冕憙입니다. 하지만 의친왕 전하께서 내려 주신 호를 더럽힐 수 없어 다른 이름을 만든 것이었습니다, 전하."

홍진은 성재의 질문에 대답하고 나서 내게 말했다.

그가 자신의 호를 얼마나 조심히 사용했는지를 알 수 있었다.

"아버지께서는 항상 나보다 한발 더 앞서 나가시는군요."

기쁜 마음과 함께 이런 이야기를 내게 미리 해 주었으면 좋았을 것이란 생각이 들면서 허탈한 감정도 함께 느껴졌다.

"제가 편지를 일찍 받았다면 진작에 찾아뵈었겠지만, 저도 2주 전에 의친왕 전하께서 보내신 편지를 받았습니다. 먼저 찾아뵙지 못해 송구합니다. 하지만 의친왕 전하께서는 전하를 자랑스러워하셨습니다. 자신이 실패했던 일을 누구보다 훌륭하게 성공하시고 있다고 하셨습니다, 전하."

"읽어 봐도 되나요?"

홍진의 대답을 듣고 나서 탁자 위에 올려져 있는 편지를 가리키며 말했다.

아버지의 편지였지만, 홍진에게 보내진 편지여서 읽기 위해 허락을 구했다.

"당연합니다, 전하."

그의 대답을 듣고 나서 편지를 들어 올리니 익숙한 아버지의 글씨체가 눈에 들어왔다.

내가 이 편지를 보는 사이 성재와 홍진 두 사람은 작은 목소리로 대화했다.

두 사람의 대화는 자신이 의친왕과 연락하고 있음을 알리지 않은 홍진에 대해 성재가 가볍게 힐난하는 것이었다.

의친왕이 작성한 편지는 긴 내용은 아니었지만, 많은 내용이 들어 있었다.

나에 대한 내용은 내가 임시정부로 갈 것을 알리고, 내가 하고자 하는 일을 도와주라는 것이었다.

서로 얼굴을 못 본 지는 오래되었지만, 그대와 나는 하나의 이름을 사용하는 막역한 사이이니 그대가 나를 대신해 중경에서 우를 도와주었으면 좋겠소.

나에게 아들이니 그대도 우를 아들과 같은 심정으로 도와주었으면 좋겠소.

그 아이는 밝은 마음을 가지고 있으니 그 뜻을 반드시 이룰 것이오.

밝은 하늘이, 더없이 밝은 태양이 찾아오면 얼싸안고 기뻐합시다.

마지막 문장에는 의친왕이 느낀, 자신의 손에서 벗어나는 아이에 대한 걱정과 기대감이 섞여 있었다.

"편지를 받자마자 저를 찾아오셨으면 좋았을 것인데, 왜 안 오셨나요?"

내가 편지를 다 읽고 내려놓으면서 말하자 그는 인자한 미소를 지으면서 대답했다.

"지금은 야인입니다. 제가 지금 전하를 찾아가 만오 전하의 명으로 왔다고 하면, 후에 전하의 도움으로 제가 의정원의 의원으로 당선된다고 해도 전하께는 별로 도움이 되지 않을 것으로 생각했습니다. 그래서 이번 10월에 있는 선거에서 의정원으로 들어가고 나서 찾아뵐 생각이었습니다. 하지만 이렇게 저를 찾아오셨는데 이 편지를 비밀로 할 수는 없어 말씀드렸습니다, 전하."

"야인이라니요……. 그깟 임시의정원의 의원 자리 따위는 없어도 임시정부에서 국무령까지 지낸 홍진께서 저와 함께 해 주신다면 더없이 도움이 될 것입니다."

솔직한 심정으로 내 쪽에서도 야인이라는 이유로 아직 접촉하지 않았었지만, 굳이 그것을 표현하지는 않고 홍진에게 말했다.

그가 단순한 임시정부에서 국무령을 지낸 독립운동가였다면 이 정도까지 말하지 않겠지만, 그는 나의 아버지 의친왕의 지원을 받아 활동했던 사람이다.

내가 그를 대우해 줄 이유는 그것만으로도 충분했다.

"좋게 말씀해 주셔서 감사합니다, 전하."

"아무래도 의정원에서 입헌군주제로의 변화에는 자네의 입김도 포함되었던 것 같군. 전하께는 말씀드리지 못했지만, 사실 입헌군주제로의 변경이 의정원에서는 너무 쉽게 통과되어 저도 조금은 이상하다고 생각했었습니다, 전하."

이시영은 웃으며 홍진에게 말하고, 나에게도 말했다.

나는 의정원 자체가 작고 한국독립당이 여당이어서 김구 주석과 이시영의 노력만으로 쉽게 통과된 것으로 알고 있었는데, 실제 그 일을 진행했던 이시영이 느끼기에는 아니었던 것 같았다.

대답하지는 않았지만 부정하지 않고 웃고 있는 홍진의 표정만으로도 그가 어떤 식으로든 영향력을 행사했다는 걸 알 수 있었다.

"혹시 아버지와 뜻을 같이하시는 분이 더 있나요?"

홍진은 생각지도 못했던 사람이라 몇 명의 사람이 더 있을지도 모른다는 생각으로 물었다.

"제가 아는 사람 중에서 직접 연락하는 사람은 저뿐이지만 저와 함께하는 사람들은 대부분 만오 전하의 존재를 알고 있습니다. 그리고 그들 역시 그분의 아들인 전하를 지지할 것입니다, 전하."

의친왕과 직접 연락하는 사람은 혼자라고 대답하는 것으로 봐서는 홍진도 다른 사람에 대해서는 알지 못하는 것 같았다.

의친왕은 조직이라는 것을 따로 만들지 않고, 자신을 중심으로 연결되는 점조직 형태를 이루는 것 같았다.

곳곳에서 의친왕의 존재를 느낄 수 있었는데, 하지만 그들은 서로 잘 알고 있지는 않았다.

철저하다고 해야 하는 것인지, 아니면 본인이 전면으로 나서고 싶지 않아 뒤에서 여러 사람을 지원한 것인지는 의친왕 본인만 알고 있을 것이다.

"항상 제 예상을 벗어나는 곳에서 아버지의 모습을 발견하게 되는군요."

"지금은 돌아가신 동농 김가진 총재가 조금 더 살아 있고 만오 전하께서 기미년에 상해로 오셨다면, 임시정부의 모습이 지금과는 달랐을 것입니다. 만오 전하께서는 사람을 끌어들이는 매력이 있으신 분이니, 황족 위를 버리시고서라도 임시정부의 중심이 되셨을 것입니다, 전하."

아버지 의친왕에게 존경심이 저절로 피어났다.

내가 경성과 일본에 있으면서 받았던 감시와 영친왕 이은의 모습을 보며 일제의 견제를 받는 왕족의 생활이 어떤지 충분히 봐 왔다.

일제의 말에 반항하지 않는 영친왕의 감시가 이 정도로 심한데 처음부터 일본에 반발했고 독립선언서에 이름까지 올린 의친왕이 어떤 감시를 받았을지는 충분히 알 수 있었다.

그런 삼엄한 감시 속에서 지금까지도 독립운동가들과는 연락하고 지내고 그들을 후원하니, 존경스러움이 자연스럽게 올라왔다.

"홍진 위원장께서 그렇게 말해 주니, 아버지께서도 기뻐하실 거예요."

"만오 전하는 대단한 분이시니 당연한 말을 했을 뿐입니다, 전하."

홍진은 내 말에 아무것도 아니라는 듯 손을 휘저으면서 말했다.

"제가 오늘 홍진 위원장을 찾아온 것은 다음 의정원 선거에서 출마를 부탁하기 위해서였는데, 이미 출마할 마음을 가지고 계시니 우리 제국익문사가 열심히 도울 것입니다. 나는 이 전쟁을 2년 안에 끝낼 생각입니다. 그래서 이번 선거 이후 구성되는 의정원과 국무위원이 아주 중요하다고 생각해요."

이미 홍진이 아버지와 밀접한 관계를 맺고 있고, 이곳으로 오기 전 제국익문사에서 조사했을 때에도 그는 믿을 수 있는 사람으로 분류했기에 내가 계획하고 있는 일을 말했다.

"2년 안에 말씀이십니까? 이번 시안 전투에서 일본의 기세를 한번 꺾기는 했지만, 쉽지 않은 일입니다, 전하."

"동남아시아 전선에서는 일본이 승승장구하고 있으나 영국 역시 태국 전선에서는 후퇴했어도 인도와 버마의 전선에서는 더는 밀리지 않고 버티고 있어요. 그리고 이 전쟁의 승패를 가를 태평양 전선에서는 미국과의 전투에서 대패했고 미국도 본격적으로 일본과의 전쟁에 뛰어들었으니, 2년 안에 전쟁은 반전될 것이에요. 미국과 비교하면 생산력이 떨어지는 일본은 이 전쟁을 장기간 수행하지 못하니, 이 전쟁이 그리 오래가지는 않을 테죠. 그래서 나는 지금이 가장 중요하다고 생각해요. 2년 사이에 우리가 연합국으로서의 지위를 가지느냐 못 가지느냐가 앞으로 한반도 1백 년의 역사를 가를 것이에요. 그래서 나는 임시정부에서 나와 뜻을 함께할 사람들을 모으고 있어요. 그리고 홍진께서 의정원의 의장이 되어 나와 뜻을 함께했으면 좋겠다는 말을 하기 위해 오늘 찾아왔어요."

"저는 처음 상해로 오면서부터 만오 전하의 뜻을 따르기로 마음먹었습니다. 앞으로 전하의 뜻을 따라갈 것이니, 걱정하지 마십시오, 전하."

홍진 집행위원장은 고민 없이 웃으면서 내게 말했다.

"홍진이라면 출마하기만 하면 다음 의정원의 의장은 될 것이니, 너무 걱정하지 않으셔도 됩니다, 전하."

성재의 말을 듣고 나서 내가 준비해 온 서류를 내려놓았다.

제국익문사에서 이번 선거 준비를 하면서 어떤 정책과 방법으로 해야지 당선 확률을 높일 수 있는지 조사한 자료였다.

그곳에는 이번 선거에 나올 것으로 예상하는 인물들의 지역구와 당선 가능성에 대한 자료, 우리 쪽 인물과 우리와 함께하지 않는 인물에 대해서도 분류되어 있었다.

"이미 많은 준비를 하셨습니다, 전하."

내가 내려놓은 자료를 본 홍진이 감탄하면서 말했다.

"중요한 선거이니까요. 홍진 위원장께서도 읽어 보시고, 조언을 해 주셨으면 좋겠네요."

이 서류는 성재는 이미 읽어 본 자료라 우리는 홍진이 자료를 읽기를 기다렸다.

홍진은 자료를 다 읽고 나서 몇 사람에 대한 조언과 전체적인 흐름에 대해 말을 해 주었다.

대화를 마치고 밖으로 나왔을 때는 이미 해가 지고 난 이후였다.

홍진과 함께 저녁을 먹고 싶었지만, 임시정부와 가까운 곳이라 내가 돌아다니기에 용이하지 않아 다음을 약속하고 차에 올랐다.

8장

“대화는 잘 끝나셨습니까, 전하?”

차에 올라타자 최지헌이 내게 말했다.

“유익한 시간이었어. 긴 시간의 회의라 밖에서 기다리느라 고생했겠네.”

“이 정도는 아무것도 아닙니다, 전하.”

나와 최지헌이 대화하고 있을 때, 운전을 하던 요원이 심각한 목소리로 최지헌에게 말했다.

“지헌아, 꼬리가 붙었다.”

“응?”

운전사의 말에 최지헌은 내려진 창문으로 조수석 쪽 후사경을 조정했다.

"무슨 일인가?"

꼬리가 붙었다는 말의 뜻이 내가 생각하고 있는 것이 맞는지 확인하기 위해 물었다.

"아무래도 미행이 붙은 것 같습니다, 전하."

"미행?"

경성이나 동경에 있을 때는 언제나 일본의 감시를 걱정하면서 다니다 중경에 오고 나서는 나를 감시하는 사람이 없어 편하게 다녔는데, 요원들은 언제나 주위를 살폈던 것 같았다.

"그런 것 같습니다, 전하. 저거, 아까 식당 입구에 있던 차가 맞지?"

최지헌은 내 질문에 대답하고 나서 후사경을 보며 운전사와 대화했다.

"맞아."

"계획대로 진행하자. 일단 속도를 더 높여. 5분만 더 가면 7-1 안가安家가 있으니까, 그곳으로 갈게."

두 사람은 당황하지 않고 빠르게 말을 주고받았다.

이런 일은 그들이 전문가이기 때문에 그들의 말에 따르기 위해 아무런 말도 하지 않고 기다렸다.

"전하, 일단 차는 다시 임시정부로 이동할 것입니다. 저와 전하는 잠시 있다가 꼬리가 떨어지면 차에서 내려서 이동해야 할 것 같습니다. 제가 말씀드리면 내리셔서 저를 따라 뛰시면 됩니다."

최지헌은 후사경을 유심히 살피면서 내게 말했다.

"알겠네. 내 최 통신원의 지휘를 따를 것이니 명령하게나."

내가 가져온 자료가 들어 있는 가방이 다시 한 번 결합이 잘되어 있는지 확인하고 언제든 차에서 내릴 준비를 마쳤다.

차가 빠르게 달리다 골목길 쪽으로 들어가 몇 번의 회전을 하고 나자 최지헌이 말했다.

"전하, 지금입니다."

최지헌의 말에 나는 바로 차에서 내렸고, 최지헌의 등을 보면서 뛰어갔다.

나와 최지헌이 차에서 내리자 차는 다시 엄청난 엔진 소리를 내며 달려 나가기 시작했다.

최지헌을 따라 뛰어 건물과 건물 틈으로 들어갔다.

해가 진 상황이라 우리가 건물 틈으로 들어가자 어둠에 잠겨 밖에서는 우리가 보이지 않았다.

최지헌은 틈에서 잠시 숨을 고르며 밖을 바라봤고, 얼마 지나지 않아 우리를 따라오던 차 두 대가 엔진 소리를 내며 도로를 지나갔다.

"전하, 우리를 발견하지 못한 것 같습니다. 일단 이 근처에 있는 안가로 이동하시고, 안전이 확인된 이후에 사무소로 이동하는 게 안전할 것 같습니다, 전하."

다행히 우리가 내린지 모르고 우리를 지나쳐 가자 잠시 뒤에 최지헌이 말했다.

"그는 어떻게 되나?"

우리를 발견하지 못했지만 우릴 뒤쫓은 사람이 감시나 미행이 아닌 나를 죽이기 위해 붙은 것이라면, 혼자서 차를 끌고 간 요원이 위험할 것이었다.

"차를 몰아서 임시정부로 직행할 것입니다. 그곳은 임시정부 경위대가 치안을 유지하고 있으니 안전할 것입니다. 지금 중요한 것은 전하의 안전이니, 우선 전하의 안전을 도모한 이후 확인해 보겠습니다, 전하."

최지헌은 내게 말하고 나서 권총 한 자루와 큰 중절모를 내게 건네주었다.

그가 건네준 총의 장전을 확인하고 중절모를 푹 눌러쓴 후 최지헌을 따라 이동했다.

우리가 내린 장소가 야시장이 있는 곳이었는지 건물 사이를 지나 반대편으로 나오니 온갖 음식을 파는 거리가 나왔다.

최지헌은 그런 사람 사이로 스며들어 이동했다.

3분 정도 걸어가다 시장의 중앙에서 한 건물의 계단으로 들어갔다.

홍진의 숙소와 비슷한 작은 계단을 올라가 4층에 위치한 작은 방으로 가서 방문을 두드렸다.
"誰."
두드린 방 안에서는 큰 소리로 중국어가 들렸다.
"휴식을 찾아왔소."
최지헌은 중국어로 물어 왔지만, 대답은 한국어로 했다. 그러자 방 안에서도 한국어로 대답이 돌아왔다.
"휴식?"
"사냥꾼을 피한 백호가 찾아왔소."
무언가 암호로 이루어진 대화였는지 최지헌은 말을 하면서 중간중간에 문에 노크를 했다. 최지헌의 말이 끝나자 바로 문이 열렸다.
"어서 오세요."
까무잡잡한 얼굴에 최지헌과 비슷한 나이대로 보이는 사람이었는데, 그는 나와 최지헌이 빠르게 들어올 수 있게 해주었다.
우리가 방 안으로 들어가자 방 안에는 두 명의 사람이 대기하고 있었다. 그 두 명 다 바로 밖으로 나가며 문을 닫았다.
방 안은 내 예상보다 훨씬 컸는데, 복도에 있는 문이 네 개였던 것을 생각하면 최소한 두 개의 문은 가짜 문으로 보였다.
최지헌은 방 안으로 들어오자마자 한쪽 벽으로 가서 나무를 잡아당겼고, 원래부터 강하게 고정은 안 되어 있었던 듯 판을 들어내자 벽 뒤에서 네 자루의 M1 개런드 소총이 걸려 있었다.

"다른 요원은 왜 밖으로 나간 것인가?"

이 방에 있던 두 명의 요원들 모두가 우리가 들어오자마자 밖으로 나간 이유가 궁금해서 물었다.

촤라락 탁.

"원래 안가에는 두 명의 요원이 있습니다. 한 명은 나가서 우리가 왔던 길을 확인하며 미행이 계속해서 있는지 확인할 것이고, 다른 한 명은 사무소로 이동해 이곳에 전하가 계심을 알릴 것입니다, 전하."

최지헌은 내 물음에 대답하며 네 자루의 소총에 클립에 끼워져 있는 총알을 끼우고, 바로 발사할 수 있도록 장전을 확인했다.

모두 준비를 마치자 그는 네 자루의 소총 중 하나를 내게 가져왔다.

"미국산 소총입니다. 단발형이라 발사 후 장전을 해 주셔야 합니다, 전하."

일본에서 사용했던 소총과 모양은 다르지만, 기본적인 형태가 비슷해 어렵지 않게 어떻게 쏴야 하는지 알 수 있었다.

내게 소총을 건넨 최지헌은 창문으로 다가가 살짝 열어서 그 틈으로 밖을 살폈다.

"어디인지 짐작 가는 데가 없는가?"

처음 쫓길 때보다 여유가 생겨 최지헌에게 물었다.

평소라면 항상 내 얼굴을 보고 말하던 최지헌이 밖을 열심히 살피면서 내게 대답했다.

"아무런 첩보도 없었습니다. 맹렬히 쫓아온 기세를 봐서는 단순한 미행은 아니었습니다. 지금 상황에서 독일제 차량을 타고 다니는 사람들이라면, 중화민국 소속이거나 최소한 중화민국 정도의 재력을 가지고 있는 사람들일 것입니다. 지금으로서는 중화민국과 임시정부의 고위직, 일본에서 파견한 암살자 정도로 예측되지만, 섣부른 예측은 위험을 가져오니 최소한 재력을 가진 단체라는 것까지만 예상합니다, 전하."

빠른 말이었지만 그가 그 짧은 시간에 많은 부분을 봤다는 것은 알 수 있었다.

그의 말을 들으면서 나도 밖을 확인하기 위해 창문 쪽으로 다가가려 하자 최지헌이 급히 내게 말했다.

"멈추십시오, 전하. 지금은 안전이 확보되지 않았습니다. 혹시 우리가 이곳으로 들어가는 것을 봤다면 저격을 준비하고 있을지도 모릅니다. 되도록 창문 쪽으로는 다가오시지 않는 것이 안전할 것입니다, 전하."

"알겠네."

그의 큰 목소리에 처음에 놀랐으나, 그는 경호에 대해서는 전문가였고 그의 조언을 듣는 것이 내 신상에 이로우니 그의 말을 듣고 처음 그가 나에게 앉을 수 있도록 내준 자리에 앉아 권총과 소총의 상태를 확인했다.

이미 최지헌이 확인하고 내게 준 것이지만, 아무것도 할 일이 없는 내가 조금이라도 마음을 진정시키기 위해 하는 일이었다.

잠시 시간이 흐르자 문밖에서 두드리는 소리가 들렸다.

"죄송하지만 이곳에 있어 주십시오, 전하."

최지헌은 내게 다가와서 내가 앉아 있던 뒤쪽의 장식장 뒤쪽으로 나를 이끌었고, 내가 그곳으로 들어가자 문으로 다가가 처음 우리가 들어올 때와 같은 중국어로 대답했다.

"誰."

문밖에서는 그의 말에 일정한 간격으로 문을 노크하는 소리가 들렸다.

한참을 듣고 있던 최지헌이 문을 여는 소리가 들렸다.

"어때?"

"일단 눈에 띄는 사람은 없었어."

"그래? 전하, 나오셔도 괜찮습니다."

최지헌은 밖의 상황이 괜찮은지 내게 와서 말했다.

최지헌의 말을 듣고 밖으로 나가니 아까 처음에 문을 열어주었던 까무잡잡한 얼굴의 요원이 내게 인사해 왔다.

"전하, 경황이 없어 인사도 제대로 못 드렸습니다. 뵙게 되어 영광입니다. 제국익문사 통신원 임주호입니다, 전하."

"반가워요, 임주호 통신원."

임주호라고 자신을 소개한 통신원은 내가 인사를 받자마자 최지헌에게서 소총을 넘겨받아 탄환을 확인했다.

"얼마나 걸리는지 알아?"

두 사람은 함께 훈련을 받은 동기인 것인지 서로 말을 편하게 했고, 행동도 편하게 했다.

"예정대로라면 지금쯤 전보가 전해졌을 거야. 그리고 10분 정도가 더 지나면 사무소에 도착할 테니, 늦어도 30분 내로 이곳으로 지원을 나올 거야."

"다행이네."

두 사람 사이에 내가 끼어들어 말해 봐야 두 사람이 불편해질 것 같아 대화하는 것을 가만히 듣고만 있었다.

중경에서 이런 상황은 처음 겪는 일이었지만, 이미 이 요원들은 이런 상황에 대비해 매뉴얼을 만들어 놓은 상태로 보였다.

특별히 당황하거나 하는 표정 없이 자연스럽게 연결되었고, 두 사람은 각자 양쪽의 창문으로 서로 다른 길을 감시했다.

긴장한 상태로 30분 정도가 지나자 다시 문에서 두드리는 소리가 들렸고, 나는 최지헌이 말하기 전에 장식장 뒤로

갔다.

그런 나를 보고 최지헌은 자신이 들고 있는 소총을 문으로 겨눴고, 임주호는 문으로 다가가 말했다.

"誰."

"초고리(작은 매의 순우리말)입니다."

방문을 두드리는 것이 신호인 듯 일정한 간격으로 두드리며 말하자 방문이 열리는 소리가 들리며 여러 개의 발소리가 들렸다.

"나오셔도 됩니다, 전하."

다시 문이 닫히는 소리가 나고 나서 최지헌의 목소리가 들렸다.

밖으로 나가자 무명 사기를 비롯해 일곱 명의 요원이 더 도착해 있었다.

"전하, 일단 이 옷으로 갈아입으시고 나서 이동하겠습니다."

최지헌은 새로운 요원들이 가지고 온 옷을 내게 건넸다.

장식장 뒤로 가서 속옷만 제외하고 갈아입고 나오자 내 옷을 최지헌이 받아 나와 몸이 비슷한 친구에게 건넸다.

그는 자신의 옷을 벗고, 최지헌에게 받은 내 옷을 차려입었다.

아까 썼던 중절모까지 쓰고 나자 아까의 나와 똑같은 모습이 되었다.

"일단 이 안가는 폐쇄 절차에 들어가겠습니다."

최지헌이 무명에게 말하고 무명이 고개를 끄덕이자 모든 요원이 방의 곳곳에 숨겨져 있는 탄환과 폭탄을 찾아 꺼내 놓았다.

그리고 사무실에 있던 서류 몇 권을 화로에 넣고 태웠다.

"무명 사기와 저, 임주호가 전하를 호위할 것입니다. 이 친구가 전하의 대역을 하여서 먼저 빠져나고 나서 10분 정도가 지난 뒤 빠져나갈 것입니다, 전하."

모든 폐쇄 절차가 끝나자 최지헌이 내게로 와 말했다.

"알겠어요."

내가 대답하자 내 옷을 입은 요원을 포함해 여섯 명의 요원이 내게 인사를 하고 나서 밖으로 나갔다.

우리가 가지고 있던 소총도 여섯 명의 요원들이 가지고 나갔고 우리에게는 작은 수류탄 몇 개와 권총 탄창 몇 개, 1인당 권총을 두 자루씩 남겨 놓고 모두 빠져나갔다.

"우리는 어디로 가는 것입니까?"

"적들이 우리 사의 사무소나 숙소에 대해 알고 있을 가능성이 있습니다. 일단 저 친구들은 최대한 은밀하게 움직이는 척하면서 제2의 숙소로 갈 것입니다. 통신원들이 생활하는 숙소인데, 본숙소에서 조금 떨어져 있습니다. 그 이후에 전하께서는 1-1 안가로 가시게 될 것입니다. 적들이 알고 있을 수 있는 숙소는 위험성이 커 일단 안가로 모시라는 심재원 사무의 전언이 있었습니다, 전하.”

“나보다는 제국익문사의 요원들이 이런 일에 전문가이니 심 사무의 말을 따르는 게 당연하지요. 알겠어요.”

방 안에서 바깥이 조용해지기를 기다렸다가 10분이 흐른 것인지 나갈 채비를 했다.

“이동하실 때에는 저희는 신경 쓰지 마시고, 무명 사기만 따라가시면 됩니다, 전하.

“알겠어요.”

내가 대답하자 임주호가 가장 앞장서서 문을 열었고, 그다음 무명, 나, 최지헌 순으로 밖으로 나갔다.

이미 시간이 지난 것인지 이곳으로 들어올 때만 해도 열려 있던 저녁 시장은 파하고, 상인들이 노점을 정리하고 있었다.

임주호는 우리 일행이 아닌 척 조금 앞장서서 걸어 우리를 안내했다.

내가 들어온 방향의 건너편 건물 사이로 들어가 반대편 길로 나오자, 그곳에 차 한 대가 주차되어 있었다.

임주호는 자연스럽게 그 차에 올라타 시동을 걸었고, 우리는 건물의 사이의 어둠에 숨어 있다가 차에 시동을 걸고 나서 빠르게 탑승했다.

세 사람이 모두 차에 타자 차는 곧바로 출발했다.

시내를 빠져나간 차는 무명이 가리키는 방향에 따라 제국익문사의 사무소 방향이 아닌 광복군 주둔지 방향인 남쪽으로 향했다.

한참을 달리던 차는 주점 외에도 적색 등, 청색 등이 걸려 있는 홍등가로 접어들었다.

차는 홍등가 끝 쪽에 있는 주酒 자가 선명하게 새겨진 붉은색 등이 걸려 있는 건물 앞에 멈춰 섰다.

"전하, 이곳입니다. 주인이 알고 있을 것이니 그냥 따라가시면 됩니다."

최지헌의 말을 듣고 차에서 내리자 안에서 주인으로 보이는 여자가 우리를 맞이했다.

"어서 오세요~. 방으로 안내하겠습니다."

임주호는 차를 주차하러 갔고, 나와 무명, 최지헌만이 주인의 안내를 받아 1층의 한 방으로 들어갔다.

그 방에는 화려하게 치장된 침대와 탁자가 놓여 있었다.

"곧 여인들이 올 것이니 즐거운 시간 보내십시오."

주인은 교태 넘치는 눈웃음을 뿌리며 말하고는 방의 문을 닫고 나갔다.

그녀가 나가고 나서 우리 세 사람이 탁자에 앉아서 기다리자 얼마 지나지 않아 임주호가 방으로 들어왔다.

그가 들어오고 문을 닫자 무명 사기가 장식되어 있는 병풍을 치우고, 그 뒤에 있는 장식장의 서랍을 모두 꺼냈다.

그러고는 장식장 안으로 들어가 뒤쪽 벽을 힘주어 밀자 막혀 있던 나무가 밀리고, 한 사람이 겨우 기어갈 만한 통로가 나왔다.

"전하, 가시다 보면 계단이 나올 것입니다. 그곳으로 내려가시면 됩니다."

최지헌이 내게 설명하자 무명 사기가 고개를 끄덕이고는 먼저 안으로 기어들어 갔다.

그다음 내가 기어들어 갔다.

통로는 처음에는 아무것도 안 보이는 어둠이라 손의 감각과 앞서가는 무명의 소리만으로 기어갔다.

코너를 한 번 돌고 나자 아래로 이어지는 계단이 몇 개 있었고, 그곳에서 다시 조금 더 기어가 코너를 한 번 더 돌자 아래에서 올라오는 빛이 보이며 계단의 형태가 보이기 시작했다.

미세한 빛을 따라 계단을 내려가며 두 번의 회전을 더 하자 지하층으로 보이는 곳이 나타났다.

방이라고 하기는 힘들었고, 사방이 세 면은 벽돌로 한 면은 나무로 되어 있는 작은 공간이 나왔다.

나무 통로 뒤로는 물이 지나가는 것인지 미세하게 물이 흘러가는 소리도 들렸다.

최지헌까지 내려오고 나자 최지헌은 우리가 내려온 입구에 벽돌을 쌓기 시작했다.

"임주호 통신원은 안 내려오는가?"

"그는 우리가 내려온 입구를 정리하고, 이곳 옆의 숙소에서 주변을 지켜볼 것입니다. 이곳은 심재원 사무와 무명 사기만 알고 있었습니다. 주호가 저곳을 통해서 심재원 사무와의 연락을 주고받을 것입니다, 전하."

우리가 들어온 입구에 벽을 다 쌓은 최지헌이 내 물음에 답했다.

그가 가리킨 곳에는 시멘트로 된 천장 사이에 작은 나무판이 놓여 있었는데, 그곳이 지상과 연결하는 통로인 것 같았다.

그사이 무명은 한쪽 벽으로 다가가 벽에 칼을 찔러 넣었다.

그렇게 칼을 찔러 넣은 벽돌에서부터 하나씩 벽돌을 제거하자, 벽 뒤에서 모포와 천에 쌓여 있는 꾸러미가 나왔다.

"이곳은 어디인가?"

"중경 남쪽에 있는 홍등가입니다. 저도 이 안가로 오는 것은 처음이라 잘 알지는 못하나, 무명 사기께서 꺼내신 저 식량이면 일주일 정도는 이곳에서 지낼 수 있습니다, 전하."

무명은 우리가 대화하는 사이에 모든 벽돌을 제거했고, 그곳에서 짐을 다 꺼내자 지하에서 물을 퍼 올리는 작두 펌프가 설치되어 있었다.

최지헌은 자신의 품속에 있던 무기를 한쪽에 다 꺼내 놓고, 무명을 도와서 모포로 잘 곳을 마련했다.

"일단 적에 대한 기본적인 파악이 가능할 때까지는 이곳에서 머무르시는 것이 좋겠다는 심재원 사무의 전언입니다, 전하."

"알겠네."

최지헌의 말을 듣고 무명이 마련한 세 자리 중에서 한 곳으로 가서 앉았다.

"전하, 사실 아까 말씀을 못 드렸는데, 우리와 함께 차를 탔던 요원이 실종되었습니다. 임시정부로 가는 차가 중간에 폭발했는데, 요원의 생사에 대해서는 확인되지 않았습니다. 상황이 심각하다고 판단한 심재원 사무가 이곳으로 가도록 했습니다."

"흐음……."

불과 몇 시간 전까지 내가 타고 있던 차가 폭발했고, 나와 함께 움직였던 요원이 생사불명이라는 말에 절로 신음이 나왔다.

처음에는 가벼운 미행인 줄 알았는데, 어쩌면 누군가 나를 암살하기 위해 움직이고 있다는 생각으로 바뀌었다.

지금 당장 내가 할 수 있는 일은 없었다.

머릿속을 비우기 위해 가지고 있던 가방에서 임시정부의 선거에 관한 서류를 꺼내 살폈다.

머릿속이 복잡해 이미 몇 번은 검토해 잘 알고 있는 내용이었지만, 마치 처음 보는 서류처럼 내용이 읽히지 않았다.

무명과 최지헌은 서로 번갈아 가며 우리가 내려온 벽에 붙어 밖을 감시했고, 방 안에는 나무 벽 너머로 들리는 물 흐르는 소리만이 가득했다.

몇 시간이 흘렀는지는 모르겠으나, 느끼기에는 억겁 같은 시간이 흘렀을 때 지상과 연결되어 있는 천장의 나무판에 툭 하고 무언가 떨어지는 소리가 들렸다.

그러자 무명이 빠른 몸놀림으로 자리에서 일어나 나무판으로 다가가 무언가 조작했다.

그러자 나무판이 풀어지며 천장에서 분리되었다.

분리된 천장에는 위로 바로 이어진 통로가 아닌 약간 기울어진 천장이 보였다.

빛이 보이지 않는 것으로 봐서는 벽이 회전 형태이거나 직선의 통로가 1층에서부터 두 번 정도의 사선으로 이어져 물건을 다시 올려 보내지는 못하고 오로지 아래로만 내려보낼 수 있는 형태로 보였다.

무명이 내린 나무판에서 천에 싸여 있는 작은 꾸러미가 나왔다.

무명이 최지헌에게 건네주고 다시 천장에 나무를 붙이는

사이 최지헌이 봉투를 풀었다.

"전하, 심재원 사무가 보낸 편지입니다. 금방 작업해서 드리겠습니다, 전하.

최지헌은 내게 말하고 나서 꾸러미에서 편지를 꺼내 이곳을 밝히기 위해 있는 촛불로 가져갔다.

제국익문사에서 사용하는 화학비사법으로 작성된 편지는 촛불로 가져가 열을 가하자 하나씩 글자가 나타났다.

잠시 시간이 흐르고 최지헌은 내게 편지를 가져왔다.

전하, 급박한 상황이라 소인의 임의대로 전하를 안전한 곳으로 모셨습니다.

지금 상황은, 전하로 변장해 이동하던 요원들이 다시 한 번 습격을 받아 교전이 발생했습니다.

교전 중 적 네 명 중 세 명을 사살하였고, 한 명을 생포했습니다.

그는 권총으로 자살을 시도하다 우리 요원의 제지로 실패했고, 지금은 우리 사무소로 연행된 상태입니다.

외곽 지역에서 발생한 교전이기는 하나 국민당군이 알게 될 가능성이 있어서 일단 임시정부에 협력을 구한 상태입니다.

생포한 포로에게서 아직 배후가 누구인지는 알아내지 못했으나, 그의 중국어가 일본어 억양이 있는 것으로 보아 우리 쪽에 반감을 품은 대한인이거나 일본의 사주를 받은 암살자로 의심이 됩니다.

조만간 배후가 누구인지 밝혀내고 안전을 확보할 수 있도록 노력하겠습니다.

안전이 확보될 때까지 조금만 더 그곳에서 머물러 주십시오.

제국익문사의 대응이 기민했다.

만약 내가 그들을 따라갔으면 교전 상황에 나도 휘말렸을 것이니 바로 대피를 지시한 심재원의 마음에 감사하며 다 읽은 편지를 무명에게 넘겨주었다.

"일단 우리를 미행한 놈 중에서 한 명을 생포했다고 하니, 조금만 더 지나면 배후가 누구인지 알 수 있을 것 같군요."

무명이 편지를 읽는 사이 궁금한 표정으로 우리를 바라보고 있는 최지헌에게 대략적인 설명을 해 주었다.

준비되어 있던 육포로 허기를 채우고, 하늘만 바라보는 시간을 지속하였다.

몇 시간, 아니 며칠이 지나간 것인지도 알지 못하고 기다리다 보니 이곳이 안전 가옥이 아닌 감옥이 된 느낌이 들었다.

이 좁은 공간에서 무명, 나 최지헌 세 사람이 생활하니 처음에는 서로의 숨결이 불쾌하다는 생각이 들 정도로 불편했는데, 시간이 지나며 점점 편해졌다.

내가 중경으로 오고 나서 항상 나를 따라다니는 최지헌도 그동안은 낯선 느낌이 있었다.

나보다는 어리지만 약간의 불편한 느낌이 들 때도 있어 말을 편히 할 때와 그렇지 않을 때가 있었는데, 몇 시간인지도 모를 긴 시간 동안 좁은 이 공간 안에서 있으니 심리적으로 많이 편하게 느껴졌다.

편해졌다고 해도 나보다 나이가 훨씬 많은 무명에게 반말할 일은 없지만, 최지헌에게는 앞으로 편하게 말할 수 있을 것 같은 생각이 들었다.

"얼마 정도 시간이 지났는지 알고 있나?"

품속의 시계를 열어 보니 시간은 2시 30분을 가리키고 있었다.

중간에 잠시 잠들었던 시간도 있고, 방 안에 있는 작은 촛불 두 개가 주변을 밝히고 있어서 어느 정도 시간이 흘렀고 새벽인지 낮인지조차 구분하지 못하고 있었다.

"정확하지는 않으나, 생존 훈련에서의 경험으로는 이곳으로 들어오고 하루가 지난 것 같습니다. 지금은 새벽 2시 30분이 맞을 것입니다, 전하."

최지헌이 대답하자 맞은편에 앉아 있던 무명도 고개를 끄덕이는 것으로 그의 말에 동의했다.

"이 편지 말고는 밖의 상황을 알지 못하니 답답하군."

"우리 사의 요원들이 백방으로 노력하고 있을 것이오니, 금방 해결될 것입니다. 마음을 편하게 가지시고 기다리시는 게 좋을 것 같습니다, 전하."

"편하게 마음먹어야겠지. 단지 조금 답답해서 그런 것이니 마음 쓰지 말게."

이미 가지고 온 서류도 몇 번을 읽어 보고 급한 일이 생길 때를 대비해 모두 태워 버려 읽을 것까지 없으니 바깥의 상황을 상상하는 머리만 복잡해졌다.

하루가 더 지나 어떤 결과가 나온 것인지 아니면 아직도 같은 상황인지 머릿속으로 고민했다.

몇 시간이 흘러 시계가 7시를 가리킬 때, 천장의 나무판에 물건이 떨어지는 소리가 들렸다.

툭.

그 소리에 세 사람은 동시에 시선을 천장으로 옮겼고, 무명과 최지헌은 빠르게 자리에서 일어나 천장을 뜯어냈다.

처음에 왔던 편지와 같이 작은 천에 쌓여 있는 편지였는데, 무명이 다시 천장을 붙이는 사이 최지헌이 빠르게 꺼내 촛불 위에서 작업했다.

3-1 안가로 이동.

그 문서에는 긴말은 안 적혀 있었고 제국익문사에서 온 지령만 있었다.

"전하, 배후를 특정한 것 같습니다."

촛불 위에서 글자가 나오게 하던 최지헌은 대략 글씨를 읽을 수 있게 되자 바로 내게 말했다.

"배후를 알아냈다고? 근데 이게 무슨 뜻인가?"

최지헌은 다른 안가로 이동하라는 글일 뿐이었는데 배후를 알아냈다고 말해 암호 같은 것이 숨겨져 있나 해서 물었다.

"안가의 번호에는 몇 가지 기준이 있습니다. 그중에서 가장 첫 숫자인 1급의 안가는 이곳처럼 외부와 차단되고 지하에 위치한 곳을 뜻합니다. 2급은 시내가 아닌 외곽의 지하에 만들어져 있는 안가를 뜻하지요. 그리고 지금 이동하게 될 3급 안가는 시내에 자리 잡고 있지만, 보통 건물의 최상층에 위치하고 외부와 격리된 안가를 말합니다. 3급 안가는 외부와 격리되어 있기는 하나 중경 사무소와 상호 연락이 가능한 곳입니다. 3급 안가로 이동한다는 것은 위험 등급이 낮아졌다는 뜻입니다. 정확한 상황은 알지 못하나 배후를 특정하고, 위험이 관리 가능한 수준까지 내려왔다고 생각됩니다. 일단 3급 안가로 이동하시면 정확한 상황에 대해 보고받으실 수 있을 것으로 생각됩니다, 전하."

최지헌이 내게 설명하는 사이 무명은 자신이 깔고 있던 모포를 정리하고, 4면의 벽 중에서 나무로 된 곳에 도끼질을 시작했다.

최지헌의 설명을 듣고 최지헌과 함께 나도 모포를 정리하고 나니 무명은 이미 벽에 도끼질을 마치고 우리가 정리한 짐을 모포를 처음 꺼낸 곳으로 넣은 후 처음과 같이 다시 벽돌을 쌓아 올렸다.

마지막 벽돌 한 장까지 도끼 뒷부분으로 두드려 넣고 나니 처음과 거의 같은 형태로 만들어졌다.

무명이 뚫어 놓은 나무 벽 뒤에는 사람이 걸어 다닐 만큼 큰 형태의 하수구가 나타났다.

"그 통로를 어떻게 올라가나 했는데, 이런 방식이었군."

"이 부분은 무명 사기만 알고 있어서 저도 신기합니다, 전하."

무명 사기는 우리의 대화를 들었지만, 작은 기름 등불 하나에 의지해서 걸어가는 중이라 자기 뜻을 전달할 방법이 없다고 생각한 것인지 묵묵히 자신의 길을 걸었다.

10분 정도 하수구를 걸어가 몇 개의 사다리를 지나친 후 하얀색에 검은색 줄로 무늬가 들어가 있는 끈 앞에서 멈춰 섰다.

무명이 들고 있던 기름등을 최지헌에게 넘겨주고, 조심스럽게 그 끈을 풀었다.

처음에는 일정하게 검은색 줄이 들어가 있는 줄 알았는데,

풀어서 전체를 보니 검은 줄마다 두께가 약간씩 달랐다.

무명 사기는 한참을 그 선을 바라보고 있더니 품속에서 종이를 꺼내 글을 적었다.

원래 약속된 장소는 이곳이었는데, 위험이 있다고 합니다. 여기서 더 걸어가셔야 할 것 같습니다, 전하.

"따라가겠어요."

내 대답에 등불을 건네받은 무명은 다시 걸어가기 시작했다.

아무래도 긴 끈에 그려져 있는 검은 줄들은 내용이 담겨 있는 암호문이었던 것 같았다.

처음 이곳까지 올 때는 넓은 형태의 하수구가 만들어져 있어 물에 발을 담그지 않으려고 가장자리의 길로 걸었다.

조금 더 걸어가더니 한 사람이 겨우 걸어갈 수 있는, 키가 큰 사람이라면 허리를 숙이고 가야 될 크기의 길로 접어들었다.

작은 통로로 들어서기 전 다들 바지를 말아 올려서 젖지 않도록 한 이후에 작은 통로의 물에 발을 담갔다.

다행히 나는 키가 작아 별다른 어려움 없이 따라갈 수 있었는데, 최지헌은 머리를 살짝 숙이고 따라왔다.

작은 길로 접어들자 더는 가장자리가 없어, 물에 발을 담그며 걸어갈 수밖에 없었다.

간혹 하수구의 물을 흘려보내서인지, 내 발에 부딪치는 구정물의 걸쭉한 느낌과 밀폐된 공간에서 느껴지는 무거운 악취가 코를 찔렀다.

그 길을 한참 걸어 처음 사다리까지 걸었던 거리의 두세 배의 거리를 걸어 콧속에서 느껴지던 악취가 감각이 무뎌져 더는 느껴지지 않은 지 오래되었을 때, 무명은 한 작은 통로 앞에서 멈춰 섰다.

그곳에는 지상으로 올라갈 수 있게 벽에 움푹 들어간 자국이 계단처럼 지상까지 이어져 있었다.

그곳으로 다가가자 움푹 들어간 곳 가장 아래에 아까와 같은 검은색 줄무늬가 있는 흰 끈이 묶여 있는 작은 종 하나가 놓여 있었다.

아까와 같이 기름등을 최지헌에게 넘겨주고, 조심스럽게 종을 들어 올렸다. 그리고 안쪽으로 손을 넣어 종소리가 나지 않게 하고, 종에 묶여 있는 끈을 풀었다.

끈을 다 풀고 나자 종을 최지헌에게 소리가 나지 않도록 넘긴 후 끈에 적힌 뜻을 해석하기 시작했다.

잠시 뒤에 웃으면서 끈을 정리하고, 최지헌이 들고 있던 종을 다시 넘겨받아 흔들었다.

따랑 따랑.

쇠 종에서 울려 퍼지는 맑은 소리가, 구정물에 발을 담그고 악취 속에 있었지만 가슴을 시원하게 만든다고 느껴질 정도로 경쾌한 종소리가 울렸다.

그 종소리가 울리고 나서 얼마 지나지 않아 천장에서 돌이 움직이는 소리가 나며 밝은 빛이 하수구로 흘러들어 왔다.

"고생하셨습니다, 전하."

이상결 상임통신원이 나를 기다리고 있었다.

웃으면서 나를 반기는 그의 얼굴을 보자 나도 자연스럽게 웃음이 나왔다.

무명 사기가 비켜선 공간으로 내가 먼저 벽에 있는 홈에 발을 넣으며 올라갔다.

그러자 위에 대기하고 있던 이상결과 다른 요원 한 명이 내 손을 잡아 주면서 올라올 수 있도록 해 줬다. 위로 올라가자 하수구의 위쪽은 작은 주방이었다.

"먼 길이었어요. 첫 약속 장소는 위험하다고 하던데, 무슨 일이 있었던 건가요?"

최지헌과 무명이 올라오는 동안 준비된 세 자리 중의 한 곳에 앉아 더러워진 신발을 벗으며 이상결에게 물었다.

"며칠간 있었던 테러 때문에 검문검색이 강화되었습니다. 그 근처에도 오늘 오전까지도 없었던 새로운 검문소가 만들어져 탈출이 용이하지 않아서 부득이하게 이곳까지 직접 오시게 했습니다. 송구합니다, 전하."

"테러요?"

나에게 위협을 가하려던 것은 미수로 그쳤고, 나로 변장해 가다 습격받은 요원들도 특별한 피해를 당한 보고는 없었는데 테러 미수가 아닌 테러라고 말하는 이상결의 말이 이상해 되물었다.

"일단 여기서 씻으시고 이 신발로 갈아 신으신 후 안가로 올라가시면, 심재원 사무가 정확하게 보고할 것입니다, 전하."

자신이 내용을 모르고 있는 것인지 아니면 알고 있어도 이곳에서 말하기가 적합하지 않다고 생각한 것인지 말하다 멈추고 내게 새로운 양말과 신발을 준비해 주었다.

나와 무명, 최지헌은 요원들이 미리 준비해 놓은 물과 비누로 다리를 씻고 양말과 신발을 갈아 신었다.

하수도에서 나온 지 얼마 안 되었기에 발을 씻고 신발을 갈아 신는다고 냄새가 지워지지는 않았다. 오히려 깨끗한 공기를 마시자 무뎌졌던 감각이 살아나 내 몸에서 나는 악취가 다시금 느껴졌다.

하지만 지금은 안가로 이동하는 것이 급하니 적당히 무시하고 자리에서 일어났다.

다른 곳으로 이동할 것이라고 예상했는데, 이상결은 우리를 같은 건물의 4층으로 안내했다.

그곳으로 가자 방 안에서 심재원이 나를 기다리고 있었다.

"고생하셨습니다, 전하."

며칠 만에 만나는 심재원의 얼굴이 반가워 나도 웃으며 그에게 대답했다.

"그러네요. 잠깐 다녀온다는 게 오래 걸렸군요. 그사이 많은 일이 있었네요."

방 안에 있는 소파가 아닌, 나무 탁자로 가서 앉았다.

이곳이 앞으로 지내야 하는 안가라면 옷에 묻어 있는 악취가 소파에 옮겨 갈까 봐 나무 의자에 앉았다.

"원래 계획대로라면 중간에 위로 올라와 이곳으로 와야 하나, 계획이 틀어져 하수도를 통해 이곳까지 걸어오시게 해서 송구스럽습니다, 전하."

내가 나무의 의자에 앉자 심재원도 내 쪽으로 다가와 보고서 한 장을 건네주면서 말했다.

"아니에요. 심 사무도 예상하지 못했던 부분이고, 안전을 위해서라면 충분히 감당해야 하는 부분이었어요."

그에게 대답하고 나서 보고서를 살펴보니, 이번에 나뿐만이 아니라 동시다발적으로 일이 일어난 것인 걸 알 수 있었다.

보고서에는 내가 타고 있던 차가 폭발했고 운전사는 폭사한 것으로 확인했으며, 그 외에도 중화민국 국민당의 중앙군사위원회 위원장을 포함한 위원 중 여섯 명, 그리고 외교부의 부장급 이상의 인사 네 명 등 총 열 명이 목표 인원이었다.

그들 중 일곱 명이 사망했고, 두 명이 중상, 중앙군사위원회 위원장만 경상에 그쳤다고 쓰여 있었다.

동시다발적으로 60여 명의 용의자를 추적했는데, 그중에서 우리가 생포한 한 명을 포함해 여섯 명을 생포했고 세 명이 도주했으며, 나머지 용의자들은 전부 체포 과정 중 사살되거나 자결했다고 적혀 있었다.

이미 내 차를 운전했던 요원이 안전하지 못할 것이라고는 예상했지만, 막상 그의 죽음이 눈으로 확인되자 분노가 치밀어 올라왔다.

"나에게만 일어난 일이 아니었군요."

속으로는 분노했지만, 그 분노를 억누르며 아무런 잘못이 없는 이들에게는 표하지 않고 머릿속을 최대한 냉정함을 유지하며 물었다.

"그렇습니다. 지금까지 조사된 내용을 보고드리겠습니다, 전하."

그렇게 말하고는 심재원은 자신이 가지고 있는 자료를 보면서 내게 말했다.

내용은 내 자료에도 적혀 있어 심재원의 말을 들으며 눈으로는 보고서를 봤다.

"일단 가장 중요한 배후는, 지금까지의 조사로는 화북의 공산당이 감행한 테러로 짐작되고 있습니다."

"공산당요?"

나는 지금까지 일본어 억양이 있다고 해서 당연히 일본인일 것이라고 예상하고 올라왔는데, 전혀 다른 말이라 놀라 되물었다.

"그렇습니다. 저희도 처음 조사할 때는 일본어 억양이 들어 있어서 잠시 의심했으나, 조사하는 과정에서 나온 증거들과 임시정부를 통해 국민당 정부와 협력해 확인한 결과, 그들은 공산당에서 교육받은 사람들이라고 확인되었습니다. 우리의 조사에 혼란을 주기 위해 일본어가 가능한 사람들 위주로 뽑아 배후를 일본으로 생각하게 하였으나, 생포한 사람을 조사해 얻은 결과도 그렇고, 사망한 사람 중 몇 명이 국민당에서 파악하고 있는 공산당의 첩자이거나 공산당과의 연관성이 있었습니다. 그리고 국민당군과 임시정부의 협조를 통해 우리가 생포한 포로가 머물렀던 숙소를 조사한 결과, 불타 버린 문서 중에서 급하게 처리하느라 다 타지 못해 남아 있는 조각에서 공산당 군사위원회의 도장이 찍혀 있는 문서가 발견되었습니다. 국민당에서 알려 준 자료와 여러 가지 정황을 확인했을 때, 이 일의 배후에는 공산당이 있고, 그들의 조직적인 테러로 잠정적인 결론을 내렸습니다, 전하."

"그들이 왜 나를 공격한 것인가요?"

제국익문사와 중화민국의 국민당군 양쪽에서 같은 결과를 유추했으니 일본은 배제하는 것이 맞아 보였다.

하지만 중국공산당과는 내가 딱히 은원 관계를 만든 적이 없어 이상해 물었다.

"그 부분에 대해서는 정확한 사실관계가 더 필요합니다. 지금까지 조사된 바로는, 이번 사건이 일어난 이유는 경진년 기축월(양력 1941년 1월)에 있었던 완난皖南 지역에서 국민당군과 공산당의 신편제 4군과의 교전에서 많은 신편제 4군 소속 군인이 죽은 것에 대한 보복 조치로 보입니다, 전하."

심재원은 자료를 넘기고 조심스럽게 내게 말했다.

"신사군 사건을 말하는 것인가요?"

국민혁명군 육군 신편제 4군, 즉 신사군은 중화민국 소속이지만 중국공산당이 지휘하는 부대로, 그 부대에 대한 것은 신사군 사건밖에 떠오르지 않아 되물었다.

"그렇습니다. 그런데 전하께 송구하지만, 그 표현은 중국공산당에서 사용하는 말이라…… 국민당의 인사에게 말씀하시면 좋아하지 않을 것입니다. 국민당 인사들과 대화하실 때는 완난 교전이나, 신사군 반란 진압 정도로 표현하시는 것이 좋습니다, 전하."

"뭐, 어느 쪽에서 바라보냐의 차이이니……. 국민당 관계자와 대화할 때는 주의할게요. 그런데 그 일과 내가 무슨 관계가 있다고 나를 공격한 것인가요?"

심재원의 말은 다른 사람들에 대한 일은 충분히 설명할 수 있었으나, 나에 대한 테러와 우리 쪽 요원 한 명이 죽은 것은 설명이 되지 않았다.

"여기서부터는 증거가 딱 하나뿐이었습니다. 생포한 포로에게서 얻은 정보에 따르면, 전하에 대해 잘 알지 못했다는 것입니다."

심재원의 말은 정확하게 이해되지 않았다. 국민당의 주요 인사에 대한 테러를 일으키면서 거기에 나도 포함되었는데, 그들이 나에 대해 잘 알지 못했다는 것은 이해하기 힘들었다.

"누구인지 확실하지도 않은 인물을 네 명 이상의 사람을 투입해 죽이려고 했다는 건가요?"

이해가 되지 않았다.

암살이라는 것은 그 대상이 중요하고 죽였을 때 파장이 커야 했다.

일본이나 조선독립동맹은 나를 죽였을 때 가져올 이득이 컸지만, 지금 이 테러의 배후로 예상되는 중국공산당은 나를 죽인다고 해도 얻는 이득이 거의 없었다.

네 명을 희생하면서까지 나를 죽여야 하는 이유를 알 수 없어 되물었다.

"지금까지 확인된 정보로는 그렇습니다. 단지 여기서부터는 우리 사의 요원들이 유추해 본 부분입니다. 그들이 장제스 주석을 감시하는 중 주석궁에서 장제스, 김구 주석과 함께 만났던 날에 그 모습을 보았을 것으로 생각했습니다. 김구 주석에 대해서는 알고 있으나 전하에 대해서는 알지 못해 장제스 주석과 중경의 대한인과 임시정부를 연결하는 인물로 짐작한 것 같았습니다. 자신들이 알지 못하는 인물이 주석과 독대한다는 것 자체로 중요 인물로 분류되었고, 대한인과 중화민국과의 관계에 금이 가게 만들기 위해 전하에 대한 테러를 계획한 게 아닐까 예측했습니다. 물론 이를 뒷받침할 증거는 아직 아무것도 없는 상태이고 정황증거를 분석한 우리 사의 의견일 뿐이라, 모든 가능성을 열어 놓은 상태로 계속 조사하고 있습니다, 전하."

내가 이곳으로 옮겨 온 것 자체가 어느 정도 심증을 가지고 조사를 마친 것으로 보였으나, 확실한 물증이 있었다면 이미 보고를 했을 것이라 더 물어보지는 않았다.

"그래도 내가 이곳으로 옮긴 것 자체가 위험 요소가 많이 줄어들었다는 뜻이겠죠?"

"그렇습니다, 전하. 일단 이번 사건에서 다른 대상자들에게 다섯 명 이상의 사람이 투입된 것에 비하면, 전하께는 네 명이라는 상대적으로 적은 숫자의 사람이 투입된 것만 봐도 이번 테러의 중심은 국민당으로 생각됩니다. 아직 외부 출입을 하시는 것은 위험하지만, 이곳은 우리 사에서도 소수만 알고 있는 곳이니 이곳에 머무시면 안전할 것입니다, 전하."

"차를 운전했던 요원에 대해서는 마음이 아프군요. 그도 내규에 준해서 가족에게 보상하세요."

내 안전이 확보되고 나자 이번 사건으로 죽은 요원에 대한 생각이 들었다.

"보상 절차는 전하의 말씀대로 진행하겠습니다. 이번에 산화한 김진경 요원의 경우에는 가족들이 전부 경상도 안의에 살고 있어서 경성 사무소를 통해 산화했음을 알리고, 그에 합당한 보상 절차를 진행하겠습니다, 전하."

지금 상황에서 특별한 보상이랄 것은 많지 않았다.

일단 그의 가족이 어떻게 지내고 있는지 확인하고, 굶지 않도록 최소한의 지원을 하는 것이 전부였다.

후에 독립하고 나면 훈장을 비롯한 제대로 된 보상을 할 예정이었다. 그래도 최소한 그의 가족을 책임져 주기 위해 말했다.

"그래요, 고생했어요. 다른 사람들은 괜찮은 건가요?"

"사무소에는 별다른 피해가 없었습니다. 그리고 시월 양께서 전하의 걱정을 많이 했습니다. 표현하지는 않았으나, 평소와 다르게 안절부절못하는 모습을 자주 보였습니다, 전하."

시월이는 찬주에게 이곳에서 나를 보살피는 역할을 부여받았는데, 그녀의 성격상 자신이 뭔가를 잘못해서 일이 벌어졌을 것으로 생각할지도 몰랐다.

"자신의 탓이 아니라고 전해 주세요. 그리고 안정이 되고 나면 가장 먼저 시월이가 이곳으로 올 수 있도록 조치하세요."

"알겠습니다, 전하. 그리고 전하에 대한 시찰이 있었다면 사무소와 숙소에 대한 정보도 파악했을 것으로 보여, 이시영 재무부장과 상의하여 다른 지역으로 옮기는 것이 어떨까 생각해 봤습니다. 처음 사무소를 만들 때에는 임시정부와 가깝지 않을 때라 멀리 구했으나, 이번에는 임시정부가 있는 곳 근처에 사무소를 만드는 것도 괜찮다고 생각하고 있습니다. 어떻겠습니까, 전하?"

심재원은 이미 성재와 어느 정도 대화가 오간 것인지 내 앞에 계획서를 올려놓으면서 말했다.

계획서에는 이미 대상 지역까지 몇 군데 찍어 구체적으로 계획이 수립되어 있었다.

"이 세 곳은 너무 가까우니 제외하고, 이곳에 하는 것이 좋아 보이는군요. 임시정부 근처로 옮기는 것도 나쁘지 않으나, 지금 제국익문사가 드러나 있다고 해도 기본적으로는 그림자 속에서 활동하는 곳이에요. 임시정부가 불꽃이라면 제국익문사는 그림자이니 적당한 거리가 필요해요."

가까운 것도 좋지만, 너무 대놓고 활동하면 안 된다.

임시정부와 가까워지면 임시정부의 눈도 그만큼 많아진다는 뜻이었다. 그래서 후보지로 올라와 있는 네 곳 중에서 임시정부가 있는 섬으로 넘어오기 직전에 있는 곳을 찍어서 말했다.

"저도 전하의 뜻에 동의합니다. 그러면 이곳으로 새로운 사무소를 이동하겠습니다. 기존에 유지했던 식당과 정비소 중에서 식당은 요원들이 식사를 해야 하니 간판명을 교체하고 직원 몇 명을 교체한 이후 유지하고, 정비소는 폐쇄하겠습니다. 그리고 많은 사람이 오가도 이상하지 않은 양복점으로 업종을 변경하겠습니다. 경성 사무소에서 근무를 마치고 돌아온 요원들이 있으니, 인력 수급에는 문제가 없을 것입니다, 전하."

성심정비소가 그대로 옮겨 오면 기존의 손님도 유지할 수 있어 좋겠으나, 그렇게 되면 우리를 조사했던 곳에서 알아차릴 수 있었다.

심재원도 그렇게 생각하고 내게 말했다.

"좋아 보이네요. 심 사무의 뜻대로 해 주세요."

"알겠습니다, 전하. 그럼 이만 가 보도록 하겠습니다. 그리고 앞으로 연락은 여기 이상결 상임통신원이 전담할 것이고, 최지헌 통신원과 무명은 양쪽의 방에서 머물러 전하의 경호를 전담할 것입니다. 우리 요원이 이곳에 많이 오면 의심을 살 우려가 있어서 경호는 이곳의 직원으로 위장한 요원이 전담할 것입니다, 전하."

"그래요. 심 사무도 요 며칠 고생했어요. 가서 쉬세요."

"감사합니다, 전하."

심재원이 인사하고 나가자마자 방 안을 둘러보았다.

내가 사용하던 숙소보다는 훨씬 좋은 곳이었다.

일단 격리된 안가여서인지 화장실과 샤워 시설이 방 안에 있어서 중경에서 사용하던 제국익문사의 숙소처럼 밖으로 나가서 씻는 것이 아닌, 방 안에서 씻을 수 있게 되어 있었다.

"전하, 씻으시면 옷은 금방 준비해 놓겠습니다."

방 안에 들어와 있던 최지헌이 심재원, 이상결이 나가고 나자 내게 말했다.

"그래. 최 통신원과 무명 사기도 그간 고생했으니 오늘은 가서 씻고 쉬어요. 다른 사람들이 맡으면 우리 몸에서 아주 심한 악취가 날 거예요."

내가 웃는 표정으로 옷에서 냄새가 난다는 듯 펄럭이며 말하자 두 사람도 빙그레 미소 지었다.

"알겠습니다. 옷만 준비해 드리고 제 방으로 가 보겠습니다, 전하."

두 사람도 나가고 나자 방 안을 환기하기 위해 모든 창문을 열었다.

이곳은 창문 밖에 다른 건물의 벽이 버티고 있어서 이곳이 계단을 통해서 4층인지는 알고 있었지만, 어느 정도 높인지 어디쯤인지는 알 수가 없었다.

우리가 하수구에서 올라온 곳이 지하인지 1층인지도 알지 못해 정확하게 내가 있는 건물의 층수를 알 수 없었다.

그래도 바깥의 시선을 생각하지 않고 창문을 활짝 열어 놓을 수 있어서 오히려 좋은 면도 있었다.

창문을 활짝 열고 악취가 나는 옷을 벗어 세탁물 통에 넣고 화장실로 들어갔다.

6월의 중경에 후덥지근한 날씨에 더운 지하실에서 씻지도 못하고 며칠 있다가 덥고, 습하고, 악취가 심한 하수도를 거의 1시간을 넘게 걸어와 불쾌감이 최고조였다.

그런 참에 화장실의 물통에 받아져 있는 차가운 물을 바가지로 퍼서 몸에 뿌리니 상쾌한 기분이 들면서 지금까지의 피로가 다 날아가는 기분이었다.

내 실수가 아닌 다른 일에 휘말린 것인지, 아니면 화북의 조선독립동맹에서 나에 대해 파악해 중국공산당의 작전에 끼어들어 나를 암살하려고 했던 것은 아닌지 의심이 들었다.

공산당이 일본인에게 뒤집어씌우기 위해 일본어가 가능하고 일본 억양의 중국어를 쓸 수 있는 사람을 투입한 것이라 말했지만, 과연 그 정보를 백 퍼센트 신뢰할 것인지도 조심스러웠다.

일본 억양의 중국어라면 대한인도 그런 경향이 없지 않아, 충분히 의심해 볼 만한 상황이었다.

하지만 내가 임시정부에 영향력을 행사하고 있다는 것은 최상부를 제외하고는 임시정부 직원들도 모르는 일인데 조선독립동맹이 알 수 있었을까 하는 반대의 생각도 들었다.

복잡한 머리를 비우기 위해 다 씻고 나서도 물을 몇 바가지 더 퍼 올려 머리에 부었다.

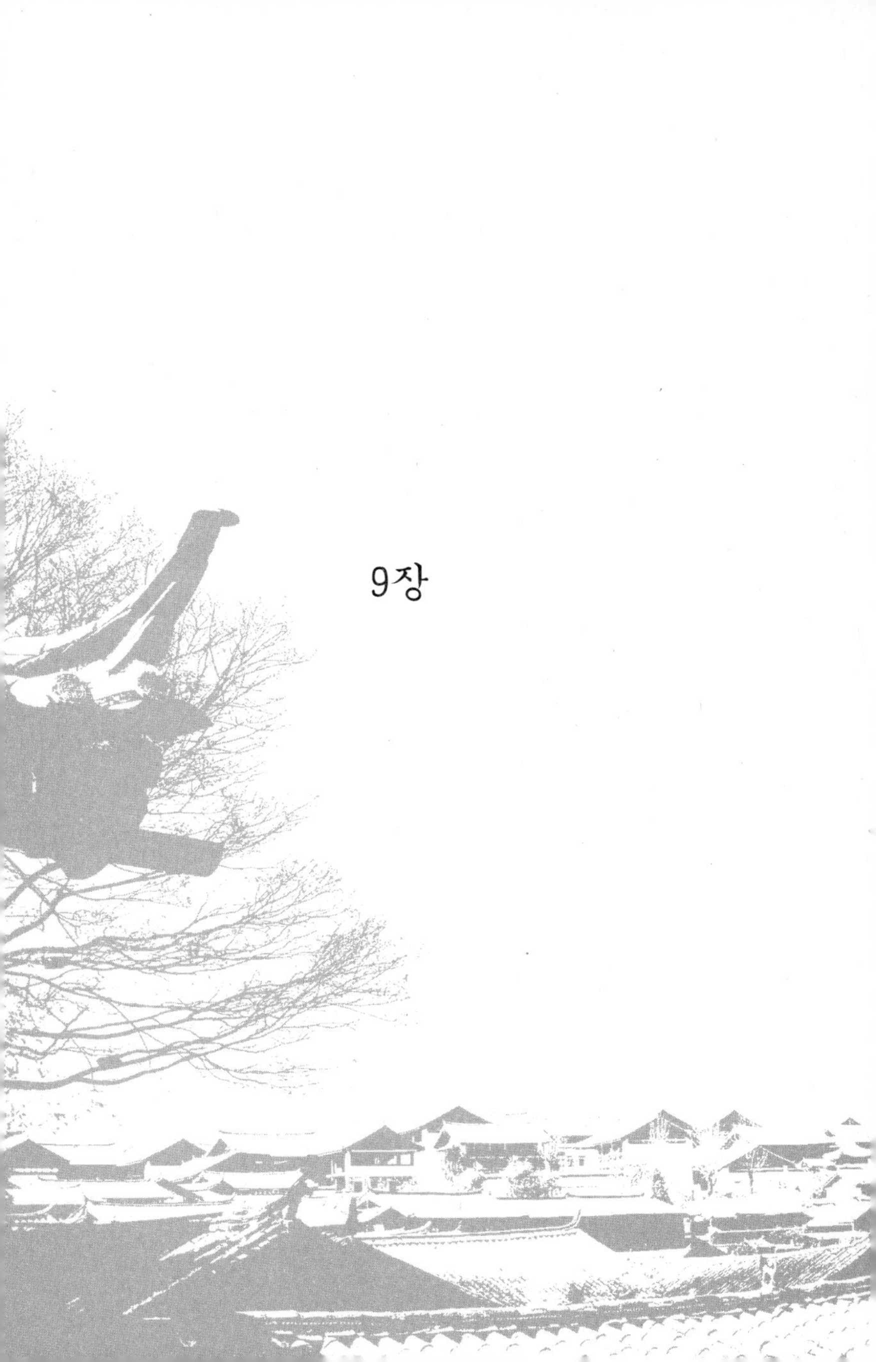

9장

씻고 방으로 통하는 문을 열자 문 앞에 갈아입을 옷이 놓여 있었다.

옷은 처음 보는 옷이 아닌 내가 평소에 입던 옷이었다.

심재원이 가지고 온 것인가 생각하며 옷을 입고 나가니 침대 위에 내가 평소 사용하는 가방이 놓여 있었다.

가방 안을 확인하니 옷가지 몇 개와 경성에서 가져온 국새를 비롯한 몇 가지 물건이 들어 있었다.

아무래도 시월이가 내게 보내기 위해 준비한 물건으로 보였다.

씻고 나서 개운한 기분으로 소파에 앉아 심재원이 가지고 왔던 자료를 확인하고 있을 때, 문밖에서 두드리는 소리가 났다.

"네."

"최지헌 통신원입니다, 전하."

"들어오게."

"시장하실 것 같아 음식을 준비해 왔습니다, 전하."

최지헌은 음식이 올려져 있는 큰 쟁반을 가지고 들어오며 말했다.

새벽으로 넘어간 늦은 시간이었지만, 지하 안가에 있으며 육포와 물로만 배를 채워서 배가 고팠기에 최지헌이 가지고 온 음식을 반갑게 맞이했다.

"고맙네. 근데 최 통신원 것은 어떡하고 내 것만 가지고 온 것인가?"

내 탁자 올려놓은 그릇에는 일이 터지고 나서 처음 만나는 하얀 쌀밥과 반찬, 따뜻한 국물이 있었다.

그런데 밥과 국이 하나뿐이라 최지헌에게 물었다.

"제 것도 방에 있습니다. 전하 것을 드리고 나서 무명 사기에게도 가져다준 후 먹을 것이니, 신경 쓰지 않으셔도 됩니다, 전하."

내 마음은 함께 모여서 먹었으면 좋겠으나, 두 사람의 생각이 다를 수도 있어 보여 더 말하지는 않았다.

"고맙네, 잘 먹겠네."

최지헌이 나가고 서류를 내려놓고 며칠 만에 보는 따뜻한 음식을 맛있게 먹었다.

비록 이 상궁이 만든 한식은 아니었지만, 향신료가 강하지 않은 중국 음식이라 충분히 맛있었다.

이곳으로 오기 전에 이지훈일 때에는 음식을 굶거나 끼니를 거르는 것은 상상도 할 수 없는 일이었는데, 이 시대로 오고 나서는 자의와 타의로 인해 굶는 경우가 많아져 한 끼 한 끼가 소중해졌다.

늦은 저녁을 먹고 지하실에서 종일 멍하니 앉아 있어서 그랬는지 잠이 오거나 하지는 않았지만, 불을 끄고 침대에 누웠다.

잠이 잘 오지 않는다고 느꼈지만, 불 끄고 침대에 누워 있으니 얼마 지나지 않아 잠들었던 것 같았다.

살짝 열려 있는 창문 너머로 사람이 오가는 소리와 아침을 준비하는 소리에 깨어났다.

아침에 일어나자 방 안에는 무명이 들어와 방 입구에 있는 탁자에 앉아 있었다.

그러다 내가 움직이는 소리를 들었는지 자리에서 일어나 내 쪽으로 인사했다.

"언제부터 있었습니까?"

내 질문에 무명은 내 쪽으로 다가와 자신이 가지고 다니는 메모지에 글을 적어 주었다.

새벽에는 최지헌 통신원이 있었고, 아침부터 제가 있었습니다, 전하.

"무명 사기도 피곤할 텐데 고생했군요. 별다른 일은 없었나요?"

제국익문사의 경호 규정에 다른 행동이었을 거라 별다른 말은 하지 않고, 침대에서 일어나 소파로 가면서 물었다.

아침에 사무소에서 보고서가 도착했습니다. 그 외에 특이 사항은 없었습니다, 전하.

"고마워요."

내게 메모를 보여 준 이후 아침에 올라온 보고서로 보이는 것을 내가 앉은 소파 앞 탁자에 올려놓았다.

무명에게 말하고 탁자 위에 올려져 있는 보고서를 들어 올렸다.

사무소 폐쇄 절차에 들어갔습니다.

일단 먼저 성심정비소를 폐쇄하고, 새로운 사무소 예정 지역도 바로 공사에 들어갔습니다.

이동 지역의 건물도 우리 사에서 소유하고 있는 건물이라 별다른 어려움 없이 빠르게 진행하고 있습니다.

조사에 관련해서는 새로운 자료가 올라오면 바로 보고…….

보고서에는 어제 보고했던 내용에 국민당과 임시정부에서 넘어온 자료까지 포함된, 조금 더 상세한 자료가 있었다.

세부 자료를 살펴보고 있을 때 문을 두드리는 소리가 들렸다.

"들어오세요."

이곳의 문을 두드릴 사람은 제국익문사 요원뿐이라 누군지 묻지도 않고 대답했다.

"기침하셨습니까? 이상결입니다. 들어가겠습니다, 전하."

내 말에 무명이 직접 문으로 가서 문을 열었고, 열린 문 사이로 이상결의 목소리가 들렸다.

"네."

문으로 들어온 이상결의 손에는 음식이 들어 있는 쟁반이 있었다.

"아침인가요?"

"늦은 시간이지만 시장하실 것 같아 가져왔습니다, 전하."

자기 전에 먹고 자서인지 그렇게 배가 고프지는 않았으나, 가져온 성의를 생각해 음식을 받았다.

"고마워요. 다들 식사는 하셨나요? 아, 늦은 시간이라……."

말하면서 시계를 쳐다보니 시간은 이미 11시가 다 되어 갔다. 이 시간까지 아침을 안 먹었을 리는 없어 말을 줄였다.

"무명 사기와 저 그리고 다른 요원들은 모두 식사를 마쳤습니다. 점심을 드셔야 하니 간단히 요기할 것만 가져왔습니다, 전하."

그의 말대로 가져온 쟁반에는 죽 한 그릇과 짠지, 나물 몇 개가 올라와 있었다.

쟁반을 한쪽으로 치워 놓고 읽어 보던 서류를 들고는 궁금했던 점을 물었다.

"이번 테러에 조선독립동맹이 관여된 부분은 안 보이나요?"

"……아직까지 그런 증거는 나온 것이 없었습니다. 잡힌 사람들 모두 중화민국 국적의 사람이고, 귀화나 망명한 인물은 없었습니다. 조선독립동맹이 공산당과 긴밀한 협조를 하고 있기는 하나, 그들의 이익을 위해 공산당에서 비밀 작전까지 벌일 것 같지는 않습니다. 그래도 한 번 더 확인해 보겠습니다, 전하."

"그래요. 나는 증거로 접근한 것이 아니라, 내가 죽었을 때 누가 이익을 볼까로 생각해 봤어요. 그래서 임시정부에 대해서도 의심을 해 봤어요. 그런데 임시정부에서 이 정도 일을 할 정도라면 김구 주석밖에 없는데, 김구 주석의 움직임은 제국익문사에서 지속해서 확인하고 있었으니 제외했어요. 그럼 남는 곳은 조선독립연맹과 일본인데……. 두 쪽 모두 마땅한 접점을 못 찾겠군요."

어제 잠들면서 떠올랐던 내 망상이지만 왠지 모를 꺼름칙한 느낌에 확인을 하기 위해서 물었다.

"일단 우리 사의 조사 과정에 그들도 배제하지 않은 상태이니 접점이 있다면 발견될 것입니다. 너무 심려치 마십시오, 전하."

"알겠어요."

경성에 있을 때야 매일같이 암살 위협을 겪으면서 살아왔는데, 안전하다고 생각했던 중경에서 겪으니 조금 놀라 예민해진 느낌이었다.

몇 시간 차이로 내 눈앞에 살아 있던 사람이 폭사했기에 더 정신을 예민하게 만들었다.

지하실에 있을 때보다는 덜 무료했지만, 밖을 나가지도 못하고 오롯이 방 안에서만 제국익문사의 서류를 살펴보고 있으니 시간은 너무 더디게 흘러갔다.

내 방의 시간이 더디게 흐르는 것과는 다르게 바깥은 빠르게 돌아갔다.

중화민국에서는 빠르게 특별조사위원회를 꾸렸고 이번 사

건에 관한 진상 조사를 시작했다.

'중경 테러'로 명명하고, 사건을 암살이 아닌 테러로 규정해 조사에 들어갔다.

장제스가 상당히 분노했다는 말 때문인지 특별조사위원회는 수사권과 기소권까지 가지고, 온 중국 전역을 조사했다.

7월에 접어들자 이번 사건에 대한 조사 결과가 나왔다.

나도 조사 결과가 나오기 전 제국익문사에서 더는 위험 요소가 없다고 판단해 새로이 옮긴 제국익문사의 숙소로 돌아왔다.

숙소로 돌아올 때는 처음과 다르게 나와 친분이 있는 사람과 인사를 하는 정도 조용하게 지나갔다.

"그래서 중경 테러는 중국공산당에서 했다고 결론지었나요?"

선호鮮虎양복점이라는 이름을 걸고 장사하는 새로운 곳의 2, 3층에 위치한 사무소에서 오랜만에 심재원의 보고를 받았다.

"지금까지의 모든 자료를 조합해 국민당 특별조사위원회에서 만든 결과는 그렇습니다. 저희 자체적으로 조사한 결과도 일본과 임시정부, 조선독립동맹과는 접점을 발견하지 못했습니다, 전하."

"내 생각이 기우여서 다행이네요."

"그렇습니다. 하지만 앞으로 어떤 일이 일어날지는 알지 못하니, 앞으로 지금과 같은 수준의 감시를 유지하겠습니다. 일단 중화민국의 특별조사위원회에서 내놓은 결과를 말씀드리겠습니다. 처음 사살되거나 붙잡힌 용의자들 외에 그들에게 협력했던 부역자들까지 한둘씩 잡아들여서 총 구속되거나 사살된 관련자는 1백 명이 넘었습니다. 그중에서는 임시정부 소속의 대한인도 두 명이 있었습니다. 김원봉 부사령관이 합류하면서 따라온 요원 중 두 명이 김두봉의 주선으로 중국 공산당 요원들과 연락했던 것으로 파악되었습니다. 일단 지금까지의 조사 과정에서는 그들은 이번이 일이 테러가 아닌 공산당 쪽의 정보 수집 정도로 생각해 도왔으나, 이적 행위로 분류되어 최소 무기징역에 처할 것으로 예상합니다."

"그들이 대한인이기는 하지만 조사 결과가 정확하다면 우리가 관여할 부분은 아닌 것 같군요. 제국익문사에서 조사한 결과는 어떤가요?"

미안한 말이었지만 그들이 알았든 알지 못했든 나와 제국익문사에게 위해를 가했고, 그들이 가담한 것이 사실이라면 이건 임시정부에 대한 명백한 이적 행위였다. 그래서 도와줄 생각은 없었다.

"우리 사의 조사 결과도 다르지 않습니다. 그들이 김두봉의 주선으로 중국공산당과 연락하면서 도와준 증거는 이곳

저곳에 있었습니다. 다행히 그들이 광복군 대원이나 의열단 대원이 아니고, 김원봉 부사령관이나 임시정부에 깊이 관여한 인물들은 아니었습니다. 그리고 김원봉 부사령관도 조사했었습니다. 이 부분은 심증만 가지고 있으나, 그들이 왜 최창익이나 김두봉을 따라가지 않고 중경으로 합류했는지가 의심스러웠습니다. 저희는 그들이 처음부터 이런 목적을 가지고 합류한 것이 아닐까 생각하고 있습니다, 전하."

심재원은 아주 조심스럽게 김원봉의 조사서를 보여 주며 말했다.

조사서에는 김원봉의 협조로 작성된 진술서가 있었다.

"그럼 처음부터 이곳으로 온 것은 임시정부를 지지해서가 아닌 밀정이 되기 위해서라고 생각하는 건가요?"

"증거는 없지만 이 부분은 심증뿐 아니라 정황적 증거까지 그렇게 보입니다. 특히 김원봉 부사령관과 함께 합류한 사람들이 무장 투쟁 노선을 가지고 광복군에 합류한 것과는 다르게 광복군에 합류하지 않은 부분도 심증을 더욱 강하게 했습니다, 전하."

"그들의 반론은 들어 봤나요?"

"임시정부 쪽에서 국민당의 협조를 받아 본인들을 만나 보았는데, 자신들은 단지 옛 동료인 김두봉이 부탁해 중국인들의 거처를 제공했을 뿐 아무것도 알지 못한다고 진술했습니다, 전하."

"나는 우리 제국익문사의 정보력에 대해 신뢰하고 있어요. 제국익문사의 조사 결과로는 그들과 최창익, 김두봉이 긴밀하게 연락을 주고받았겠지요?"

"그렇습니다. 특별조사위원회에서 그들의 숙소에서 발견한 자료 중에 저들과 주고받은 편지가 나와 그런 주장을 더욱 신빙성 있게 했습니다, 전하."

"아까 증거가 없다고 하지 않았나요?"

그들이 밀정이라는 증거가 없다고 말했던 것과는 다르게 연락을 주고받은 편지가 있다고 해 이상해서 물었다. 편지가 있다는 것은 밀정을 뜻하는 증거라고 생각됐다.

"그들이 밀정이라는 증거가 되기에는 그들이 주고받은 편지의 내용이 개인적인 것이고, 그들의 위치가 임시정부나 중화민국의 자료에 접근할 만한 자리가 아니어서 그렇습니다."

"임시정부도 우리와 같은 의견인가요?"

"그렇습니다. 임시정부에서는 우리보다 더욱 소극적입니다. 이번 사건은 중화민국이 상당히 분노하는 입장이고, 공산당 역시 지난번 완난 교전 이후로 국민당과는 긴밀한 협력은 불가능하다고 생각했는데, 이번 사건으로 국민당에서도 똑같은 기류가 생겼습니다. 지금 당장은 일본이라는 거대한 적국이 있어 교전은 최대한 자제하겠지만, 적국과 다름없는 상태가 될 것으로 보입니다. 그래서 이시영 재무부장에게 확인해 보니 임시정부에서도 이번 일 때문에 겨우 좋아진 국민당과 임시정부의 관계가 틀어질까 우려해 두 명의 대한인에 대해서는 관여를 하지 않는다고 전해 왔습니다, 전하."

임시정부의 입장도 곤란해 보였다. 그들이 아무리 임시정부와 연관성이 적다고 해도 대한인이었기에 중화민국에서 트집을 잡자면 책임에서 완벽히 벗어나기는 힘들었다.

"임시정부도 곤란해 보이는군요."

"그렇습니다, 전하. 임시정부뿐 아니라 김원봉 부사령관도 자신과 함께 한국독립당으로 가입했던 사람들이라, 책임에서 완전히 자유롭지 못해 곤란해하고 있었습니다. 그나마 다행인 것은 최근 몇 달간 김원봉 부사령관이 이전과 다르게 의정원이나 임시정부와는 거리를 두고 광복군으로서 필요한 부분에만 관여하고 노력해 임시정부 내에서도 우호적인 분위기였다는 점입니다. 그래서 부사령관 자리에서 배척당하거나 하지는 않았습니다, 전하."

김원봉이 나와 함께한 이후 자신 세력의 정치화를 경계했고, 자신은 군인으로서 조국 독립에 노력하겠다고 행동했던 게 이번 사건에서는 도움이 되었다.

"만약 그가 정치에 관여했었으면 지금은 분위기가 달랐겠군요."

"가정으로 예측하는 경우는 없지만, 만약 예측해 본다면 그는 분명 임시정부에서 숙청되었을 것입니다. 약산 김원봉이라는 이름이 가지는 힘이 있기에 그를 직접 구금하거나 이번 사건으로 죄를 묻지는 않겠지만, 중요 자리에서 배척되고 이름만 남아 있는 상황이 되었을 것입니다, 전하."

"다행이네요. 그럼 이 두 사람에 대해서는 다른 단체에서도 도움을 주지 않겠군요."

중경에 있는 임시정부가 대한인이 만든 모든 단체의 중심이었기에 임시정부에서 나서지 않는다면 다른 단체들도 적극적으로 나설 곳은 없었다.

"그렇습니다. 전하께서 도움을 주시지 않는다면 그렇게 될 것입니다, 전하."

"대한인이 소중하지만 명백한 증거와 피해를 받은 사람이 있으니, 우리가 움직일 이유는 없어 보이네요."

"그럼 앞으로 이 문제에는 접촉하지 않고, 상황만 지켜보겠습니다, 전하."

보고를 마친 심재원은 자신의 자리로 돌아가 업무를 보기 시작했다.

나도 거의 한 달에 가까운 시간 만에 평범한 일상으로 돌아와 새로운 사무소에서 평소와 같이 제국익문사가 수집한 많은 자료를 살펴봤다.

내가 잠시 자리를 비웠을 때도 안가에서 모든 보고서를 받아 보았으나 심재원과 직접 상의할 수 있는 여건이 되지 않아 서면으로 주고받으며 일을 진행하는 게 조금 느려졌었는데, 그 부분들을 직접 다 살펴보았다.

다음 권으로 이어집니다

ROK MEDIA

고교 루키로 회귀한 메이저리그 아웃사이더!
『네 멋대로 쳐라』

매번 팀을 승리로 이끌지만
이기적인 플레이로 외톨이인 메이저리거 유정혁
혼자 간 클럽에서 변사체로 발견되는데……

다시 눈을 뜬 곳은 고교 시절 자신의 방?
그라운드의 악동이 펼치는 원맨쇼가 온다!

여전히 건방지고 여전히 독단적이지만
선구안은 기본, 어떤 공도 포기하지 않는 잡초 근성 슈퍼캐치까지!
승리의 열쇠인 그에게 중독된 구단과 동료들은
점점 커지는 영향력을 거부할 수 없다!

무수한 백구를 펜스 밖으로 날려 버릴
기적의 그라운드가 펼쳐진다!
그의 시즌을 주목하라!